U0005437

一個人漂泊的日子

①

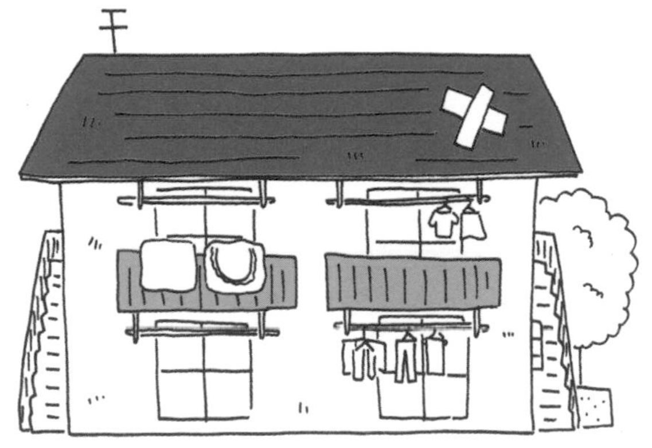

高木直子◎圖文

陳怡君◎譯

目次

履歷表上
我的照片……

皮笑
肉不笑的……

第1回
終於來到東京了

1998年 東京……
轟隆
喀答
懷抱著成為插畫家的夢想……
東京
Tōkyō
西望
東張
24歲的我
一個女生就這樣懵懵懂懂地來到了東京

雖然我沒靠山、沒後門、沒目標，幾乎可說一無所有……
呵呵呵呵~
但銀行裡可是有不少存款唷~
這可是我來東京之前上班加兼差拚死存下來的……
正式員工
在名古屋的設計公司上班
時薪900日圓
在老家三重的搬家公司兼差
70萬日圓鉅款……

暫時先靠這筆70萬日圓過活，一邊推銷我的插畫作品……
請多指教
這些都是我畫的
耶～有工作囉～
委託
按照計畫，我的生活將逐漸穩定地步上正軌
哇呵呵呵……
超完美計畫……

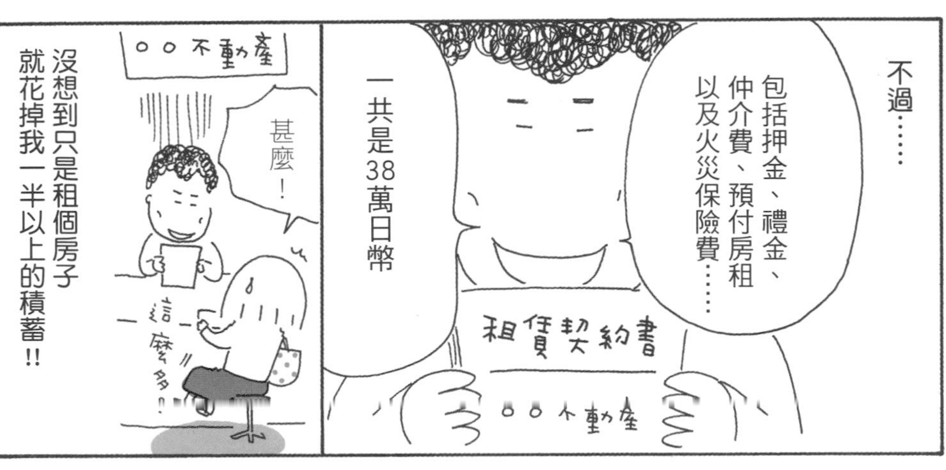
不過……
包括押金、禮金、仲介費、預付房租以及火災保險費……
一共是38萬日幣
租賃契約書
○○不動產
○○不動產
甚麼！
這麼多！
沒想到只是租個房子就花掉我一半以上的積蓄!!

呼～光是租房子竟然要花這麼多錢啊……
老舊……
這間
租到的還只是位於東京超級郊區、又小又破舊、月租5萬日圓的小公寓當中的一個房間……

而且從老家送來行李……
以前老家就有
或是別人送的
家電用品
嘿咻
沉重
沉重
衣服
書本
搬家費
3萬日圓……
心痛嗚嗚
其他還缺少的物品
就另外購買補足
3萬日圓
附錄影帶播放器的電視
2萬日圓
傳真機
1000日圓
×4
衣物儲物櫃
等等

總算整理出
一個還像樣的居住環境……
好窄……
好……
這裡是
獨立衛浴
13.5平方公尺的房間♡

哎……哎唷，
存款只剩下
20萬日圓……
傻眼……
這……
這下子不快點
找到插畫工作
還得了！
天啊~~
……於是我馬上展開
自我推薦插畫的工作

只是這世界
可不是那麼好混的……
嗯～嗯……
FILE
某出版社
跑了好幾家公司
卻沒半家願意錄用我……
嗯～嗯……
FILE
某設計公司

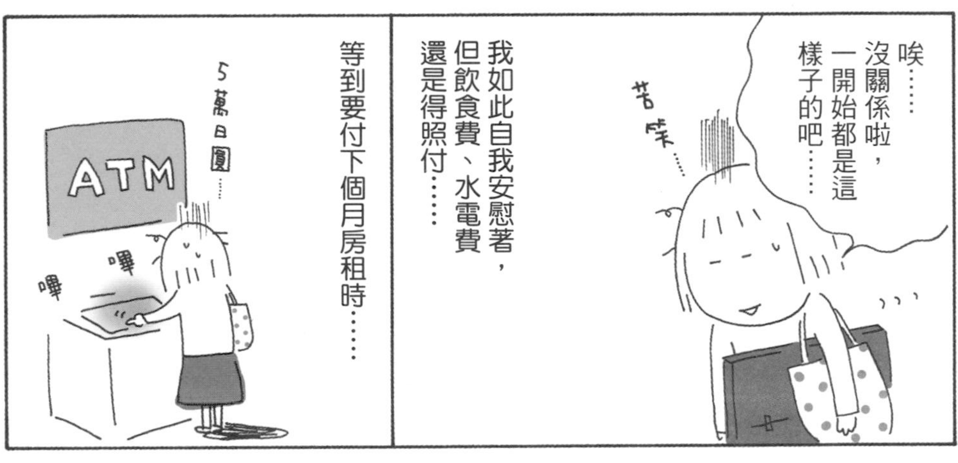
唉……
沒關係啦，
一開始都是這
樣子的吧……
苦笑……
我如此自我安慰著，
但飲食費、水電費
還是得照付……
等到要付下個月房租時……
5萬日圓……
ATM
嗶
嗶

仔細一看，存款餘額
只剩下10萬日圓了……
啊
打擊……
回想當初決定
上東京時……

老爸老媽都擔心得要命……
你到東京去
是要做甚麼～
要靠甚麼過活啊？
別擔心，
沒問題～
多少都會有
一番成就吧～
笑
笑

而且我自己有存款
啊～啊哈
哈哈～
……
笑
笑
當初還誇下
那種海口……
才過一個月
就要開口借錢
實在是……
教我怎麼
說出口啊……

可……可是
這樣下去的話……
無～力……
下個月
就要破產了……
現在可不是
繼續推銷
插畫的時候!!
媽呀～
打工！
我得打工去!!
於是我趕緊
去找打工的機會……

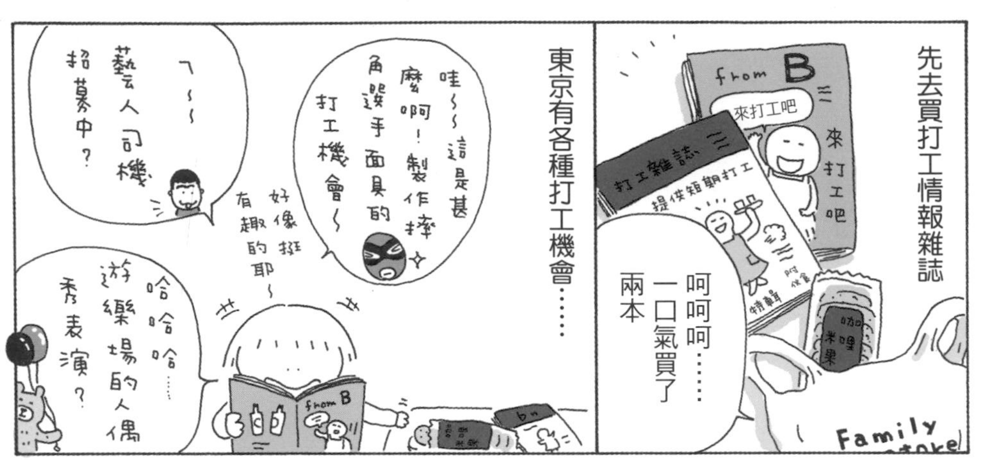
先去買打工情報雜誌
from B
來打工吧
來打工吧
打工雜誌
提供短期打工
特輯
附伙食
咖哩米果
呵呵呵……一口氣買了兩本
Family
東京有各種打工機會……
哇~~這是甚麼啊！製作摔角選手面具的打工機會~
好像挺有趣的耶~
~~藝人司機招募中？
哈哈哈……遊樂場的人偶秀表演？
from B

這個地方應該還可以吧~
廚房&前台工作人員
緊急招募中!!
時薪900日圓~
提供交通費，附伙食
上班地點──新宿
一起來打拼吧~
爽朗開心的工作環境
義大利餐廳
但究竟是一家甚麼樣的店呢？
應該不是甚麼不良場所吧……
還是自己走一趟確認吧~
緊張
緊張緊張
個性謹慎
from B
新宿
於是我先去瞧瞧招募員工的這個餐廳……
喀答……
轟隆……

咦~~~奇怪……
應該是在這附近哪……
SALE
東
張
西
望
東京
MAP
必備品
義大利餐廳
VINO VINO
小鋼珠
GAME
拉麵
VINO VINO
啊……找到了！
偷偷摸摸~~
……

VINO VINO
嗯～～
不安
忐忑
不決
猶豫
讓您久等了
雖然有看起來像辣妹的員工……
但應該還好相處吧……
嗯……看起來只是一家普通的餐廳……

算了，還是去應徵看看吧……
喀答……
轟隆……
好累喔……
於是隔天……
緊張
緊張
嗶嗶
慌張
您好，這裡是義大利餐廳VINO VINO
不……不好意思，我看到你們的徵人廣告，所以……

很抱歉，兼差員工的招募昨天已經截止了唷……
啊
噴？
啊啊啊……
掛斷……
哇嗚～拖拖拉拉結果來不及了！
我還特地先去觀察工作地點呢，沒想到煮熟的鴨子還是飛了……
翻
翻

之後還是有找到其他打工機會，於是前去面試
慶祝新開幕
徵募開幕員工30名！
有進修機會！
無工作經驗也沒問題！
義大利廚房 蕃茄老媽
下個月OPEN
又是義大利餐廳……
既然是開幕員工，一定很快就能和大家打成一片～
而且一次要募集30名耶！
抵達面試會場時……
嘩 嘩
請您拿著這張號碼牌在裡面稍待
櫃檯
蕃茄老媽 面試會場

天哪～竟然有這麼多人！
緊張 徬徨
接下來請30～39號進場！
集體面試
我不知道錄取率是多少，但結果我並沒有被錄取
很抱歉這次未能錄取您……
好吧……

說甚麼要成為插畫家，現在就連找個打工都搞不定……
之後陸續去了好多地方面試，但都沒被錄取……
嗚嗚嗚……
打工情報雜誌、
履歷表、
相片沖洗費、
交通費全都白花了……
一蹶不振……
不……不快點去打工的話……
像這樣徘徊在危險邊緣、漫無歸屬浮萍般的生活就這樣一天天展開了
結果還是去買打工情報雜誌

「沒錢」的重擔。
以前
唉～這個月沒錢可花～
沒辦法出去玩，也不能買新衣服～
上東京之後
天哪～這個月沒錢可用了～
沒辦法繳房租，也不能買米吃～

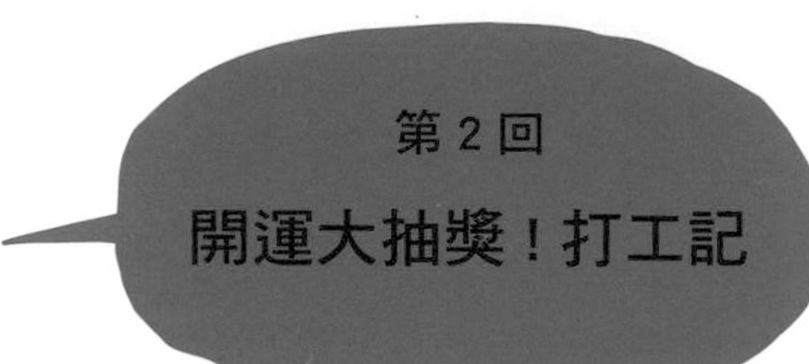

第2回
開運大抽獎！打工記

之後我繼續努力地找打工機會……
拚～了……
From B
好不容易終於找到打工啦!!
成功了～
錄取
這個工作就是
叮咚
叮咚
開運大抽獎的工作人員!!

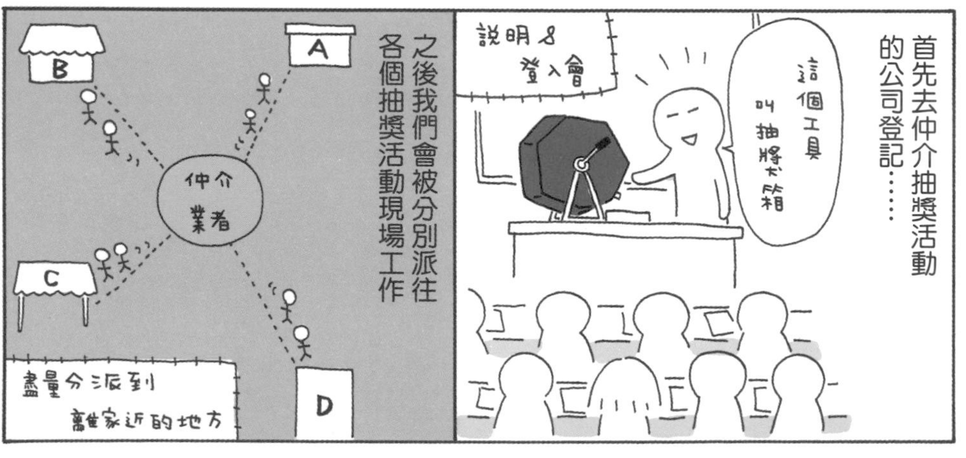

首先去仲介抽獎活動的公司登記……
說明＆登入會
這個工具叫抽獎箱
之後我們會被分別派往各個抽獎活動現場工作
A
B
C
D
仲介業者
盡量分派到離家近的地方

我被分派到東京郊區的一個大型超市
SUNNY
SALE
特價出清
美食大集合
我的工作是在舉辦抽獎活動的十天內擔任受理櫃檯的工作
抽獎會場
您好～
請多指教～
一起打工的夥伴
特獎……國內旅遊（一人中獎兩人同遊 共5組）
1獎……迪ㄈ尼樂園門票（一人中獎兩人同遊 共30組）
2獎……美食任你選（共60個名額）
3獎……商品禮券（共300個名額）
參加獎……面紙，統統有獎

一早上班時先分配抽獎箱裡的彩球……
嗯～1獎2球，2獎6球，3獎30球，參加獎400球……
抽獎手冊
秘
白球
藍球
綠球
紅球
黃球
……也就是說，今天不會出現特獎囉～
根本就沒有放進這顆球……
覺得很對不起今天來的客人耶
黃
白
嘩啦
嘩啦
紅
做好準備工作後就可以開始抽獎活動了!!

沒多久第一位客人出現了
您好
緊張
緊張
您有三張抽獎券，可以抽三次～
轉轉轉……
歡迎光臨
跳出……
滾
滾

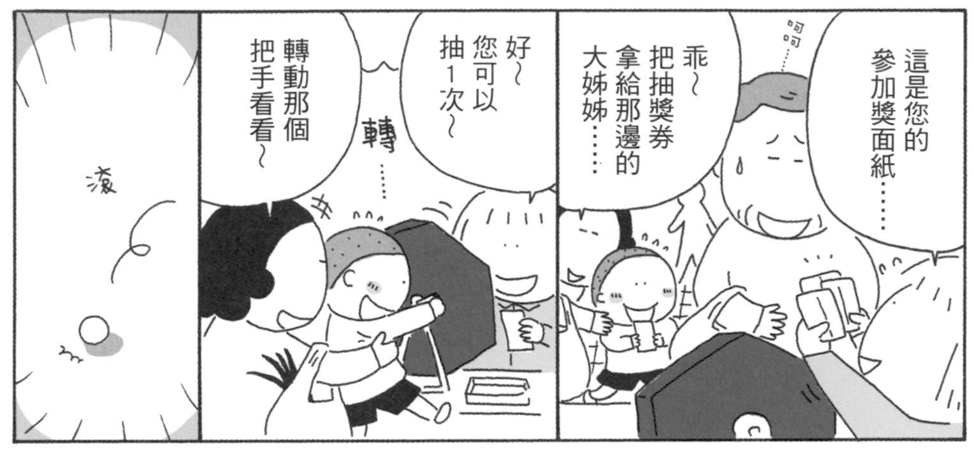
這是您的參加獎面紙……
呵呵……
乖～把抽獎券拿給那邊的大姊姊……
好～您可以抽1次～
轉……
轉動那個把手看看～
滾

啊，你看，剛才拿的抽獎券可以在這裡抽獎耶……
媽咪我抽到面紙唷～
不行不行，今天是第一天，一定沒有放進特獎啦……
緊張
ㄟ～是喔？
下次來的時候再抽吧～
也好～
識破
真……真狡猾……

人來人往，就是沒有人抽中大獎……
您抽中參加獎……
這是您的面紙
呵呵……
大家都興致勃勃地等著抽獎……
期待
緊張
興奮
看他們這個模樣，我也跟著熱血沸騰了起來……

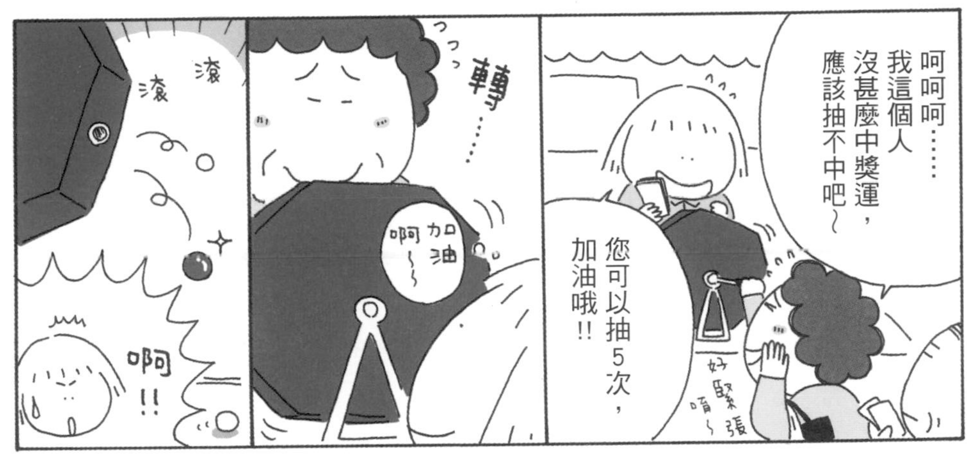
呵呵呵……
我這個人
沒甚麼中獎運，
應該抽不中吧～
您可以抽5次，
加油哦!!
好緊張
唷～
轉……
加油
啊～～
滾
滾
啊
!!

恭喜您！
獲得2獎
美食任你選！
叮咚
叮咚
哇啊……
好高興喔～
這是我第一次
抽中獎品耶～～
甚麼事啊
好像是
抽中了
感動……
偶爾有人中獎，
我也跟著開心……

嗯～
這種抽獎工作
挺不錯的
還滿喜歡這份工作的我
於是……
之後還是繼續做著
這個工作……
超市
叮咚
叮咚
叮咚
購物中心
被分派到各地
進行抽獎活動的日子
就這樣持續下去

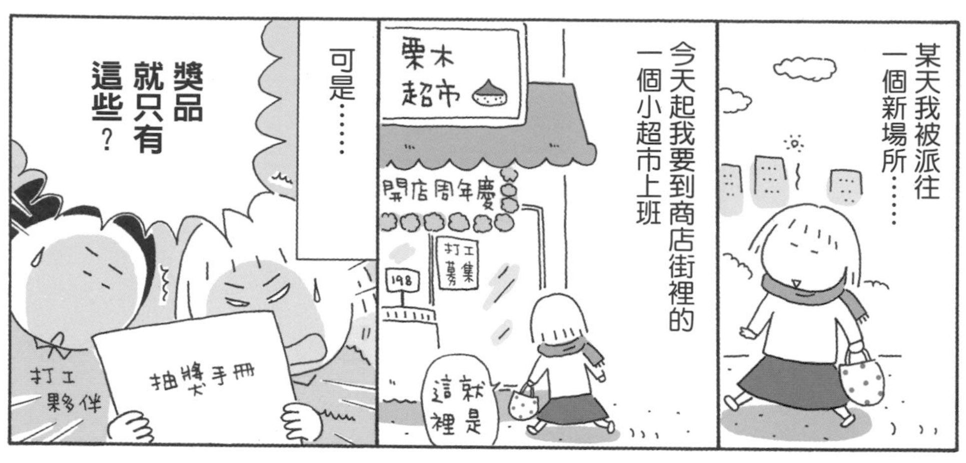
某天我被派往一個新場所……
今天起我要到商店街裡的一個小超市上班
栗木超市
開店周年慶
打工募集
198
這就是裡
可是……
獎品就只有這些？
抽獎手冊
打工夥伴

這個超市好像沒甚麼經費，提供的獎品非常少……
熱血沸騰 抽獎活動
特獎 國內溫泉旅行……兩人同行1組
1獎 商品禮券（5000日圓）……10名
2獎 商品禮券（1000日圓）……30名
3獎 醬油（500ml）……300名
參加獎 面紙……統統有獎
抽獎活動為期一周耶……
喔……
這樣的話幾乎都是銘謝惠顧球啊～
今天的中獎球分配是特獎0球，1獎1球，2獎4球，3獎42球……
抽獎球分配
幾乎都是醬油嘛
嘩啦
銘謝惠顧

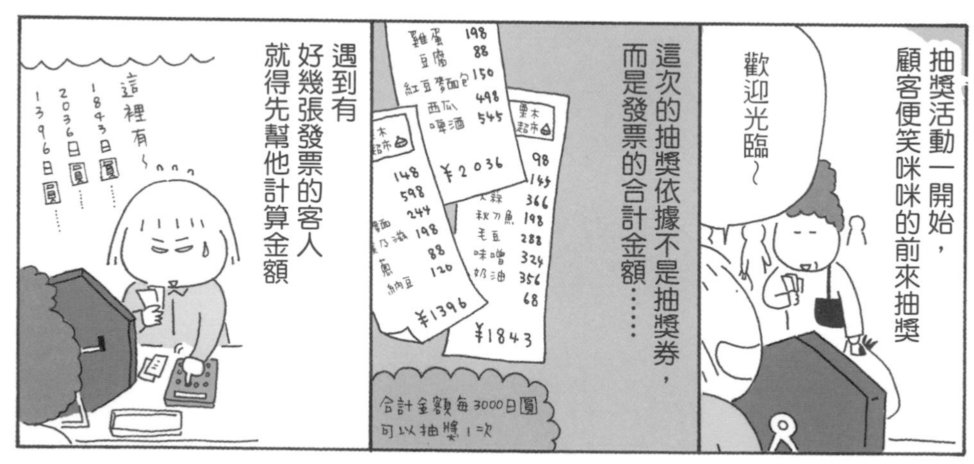
抽獎活動一開始，顧客便笑咪咪的前來抽獎
歡迎光臨～
這次的抽獎依據不是抽獎券，而是發票的合計金額……
雞蛋 198
豆腐 88
紅豆麵包 150
西瓜 498
啤酒 545
¥2036
栗木超市
98
145
366
秋刀魚 198
毛豆 288
味噌 324
奶油 356
68
¥1843
148
598
244
198
88
120
納豆
¥1396
合計金額每3000日圓可以抽獎1次
遇到有好幾張發票的客人就得先幫他計算金額
這裡有～
1843日圓……
2036日圓……
1396日圓……

一共是6245日圓，可以抽獎2次～
轉
蓋
印
抽過獎的發票要蓋印章
滾
滾
您獲得參加獎面紙～
啊哈～
果然……

客人陸續上門來……
鼎沸
人聲
媽呀～
嗶
嗶
銘謝惠顧球不斷出現……
滾
這是您的參加獎面紙～
這是您的參加獎面紙～
滾
呼～今天的搖鈴幾乎沒響過哩～
面紙
面紙
面紙
面紙
……

……這時候，一名婦人出現了
啊，歡迎光臨～
八……八萬五千七百日圓？
甚麼！
收據
這家超市雖然不大但裡面附設了旅行社，這位婦人就是來這裡報名旅行團後拿著高額收據準備來抽獎
迷你旅行社
您……您可以抽28次～
85700÷3000是……

只見抽獎箱不停轉動……
我……我有一種不好的預感……
緊張
轉……
心慌
陸續出現的果然還是……
滾
滾
銘謝惠顧球大集合
……
好……好可怕的表情!!
轉
轉
媽呀~
緊張
害怕

等到全部次數都抽完了……
這個抽獎是在搞甚麼啊!!裡面完全沒放中獎球嘛!!
火大~
我從沒見過這麼差勁的抽獎活動
啊……
怎麼回事啊
?
越講越火大……
可惡，我再也不來這家店報名旅行團了!!

就這樣抱怨了一大堆後才回去
哼
害怕 害怕
好不容易抽中的醬油
哼
天哪~好……好恐怖唷~~
唉，她的心情我能了解啦……
振作點
不過也沒必要氣成這樣啊~~
面紙
面紙
請問~

能幫我看一下這些收據金額有滿3000日圓嗎？
好，我來計算看看
不好意思，我總是這樣東買一點西買一點～
零零散散的
沒關係，請您稍待一下哦
421日圓
368日圓
509日圓
沒問題，剛好過3000日圓，您可以抽獎1次～

於是這位婦人就只轉了一圈抽獎箱……
太好了，能抽獎呢♡
轉……
蓋章
結果果然還是……
滾
銘謝惠顧球……
不好意思……這是您的參加獎面紙

啊哈哈～太好了，我經常使用面紙呢
真是太謝謝你了～
好……好可愛!!
感動
那件可怕的事才發生沒多久說……

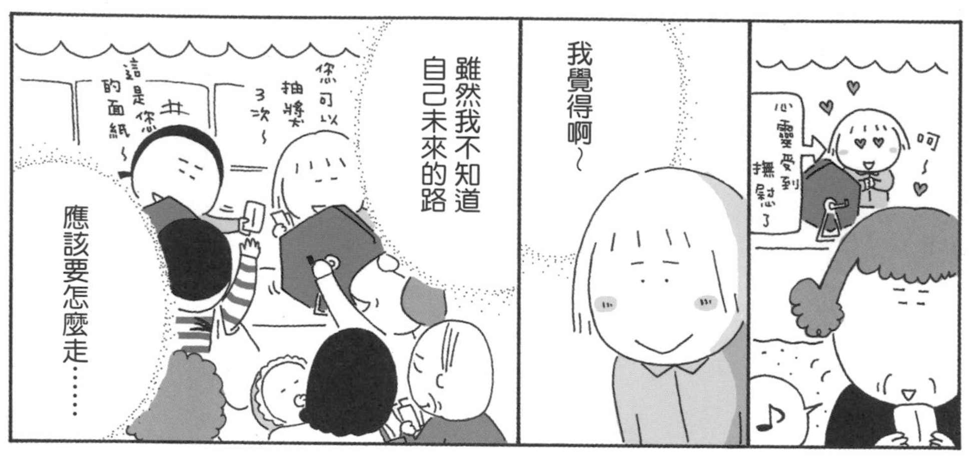
呵～
心靈受到撫慰了
♪
我覺得啊～
雖然我不知道自己未來的路
您可以抽獎3次～
這是您的面紙～
應該要怎麼走……

但等我變成了歐巴桑時，一定要是個可愛的歐巴桑～
呵呵呵呵
想像圖
我就這樣一邊幻想一邊繼續抽獎的工作
1……
1獎!!
哇啊啊啊啊啊
♫ 叮咚♪
叮咚
叮咚
呆住
媽媽也嚇一跳
結果唯一的一顆1獎球被一對嬌小的母女抽中了

後來，因為這種抽獎工作……
下個月完全沒工作哦～
仲介業者
穩定性不高，我便決定不再繼續了……
於是又重新回復到找打工機會的日子
拚了—
看不見未來的日子就這樣繼續下去
from B
來打工吧
奶油麵包

我也曾在
抽獎活動裡抽中醬油哦。
您抽中的
3獎
念國中的我
哇~~
真的
很開心耶~~

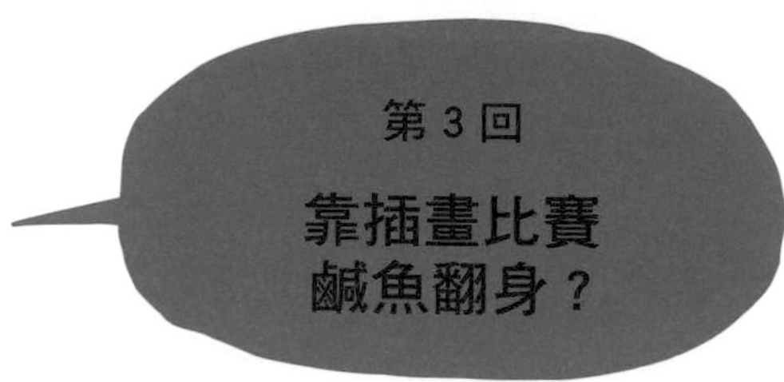
第 3 回
靠插畫比賽
鹹魚翻身？

就算忙著找打工，
我還是沒忘記原本的目的，
持續畫著插畫
呵呵
老實說，
我打算參加一項插畫比賽
就是這～個
新銳插畫比賽
首獎獎金 50萬日圓
特獎（3名）10萬日圓
入選（20名） 3萬日圓
尺寸 B21×1 以內
參加費 3000日圓
（第2件起 1000日圓）
MAP

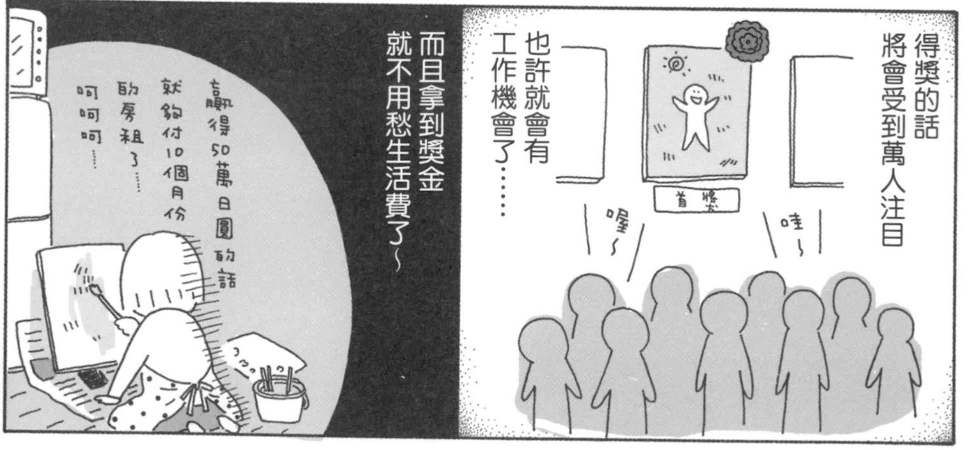
得獎的話
將會受到萬人注目
也許就會有
工作機會了……
首獎
喔～
哇～
而且拿到獎金
就不用愁生活費了～
贏得50萬日圓的話
就夠付10個月份
的房租了……
呵呵呵……

好～
完成了～
一直到截稿日
當天早上，終於
畫好兩張圖準備參加比賽！
啪
好，
出發!!
我要親自把作品送到比賽會場

首先搭電車……
喀答……
呵呵呵……
喀嗒……
在最近的一站下車
嗯～接下來
要往哪裡
走咧……
地下鐵
東京
MAP
咦!?
啊啊～
那是……

發現很像也是要去交作品的人，
於是跟在他後面走
麥面店
麥面包店
呵呵……
偷偷
摸摸
?
新波大樓
啊，
是那裡呀
新銳插畫
比賽報名會場
咦？
喀啦
開門

裡面有好多
手上抱著畫作的人
報名處
嘩
嘩
嘩
哇～哇～
HEY
嗯嗯～
這些人都是來
參賽的呀～
緊張……
大家都是報名
同一項比賽的夥伴……

相對來說也就是我的「對手」
大家都畫些
甚麼呢？
東張
西望
報名處
下一位
請過來～
是
畫……
畫得真好!!

在這個地方……
到處都能見到很棒的作品
每……
每個人都是
高手……
想想自己至今
也參加過不少比賽……
包裹
要寄到
東京是吧～
嗯，
麻煩您了～
請勿摺疊
但幾乎都是從老家郵寄報名，
從不曾像這樣
直接到報名會場交件

下一位
請～
啊……好!!
緊張
緊張
一共是兩件～
那麼……
緊張
緊張
參加費是
4000日圓
唔……
像這種比賽大多要付
報名費，現在的我
再捨不得也只好忍痛掏錢……

呼～～
結束了，
終於結束了～
啪
啪
哦
哈哈～這個人
也是要去
報名吧……

看來愛畫畫而且想藉此維生的人
還真不少呢……
……
反正都已經交件
呼～
好累～
啊～
接下來就是
等待審查結果了
靜待結果

幾天之後……
今天從一大早我就莫名地心神不寧
心浮氣躁
因為今天是之前參加的插畫比賽結果出爐的日子……
新銳插畫比賽
首獎 獎金50萬日圓
20萬日圓

得獎者會在今天收到通知
瞄瞄
恭喜您獲得首獎
哇啊～
呵呵……
說不定……
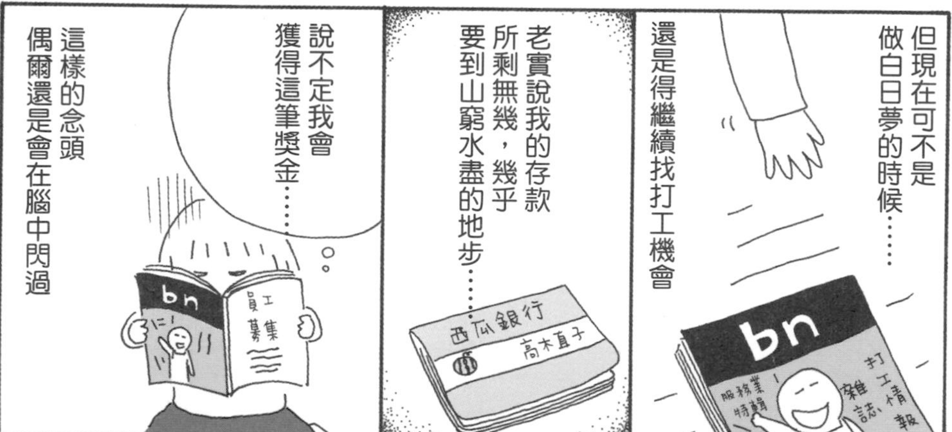
但現在可不是做白日夢的時候……
還是得繼續找打工機會
bn
打工情報雜誌
服務業特輯
老實說我的存款所剩無幾，幾乎要到山窮水盡的地步……
西瓜銀行
高木直子
說不定我會獲得這筆獎金……
這樣的念頭偶爾還是會在腦中閃過
員工募集

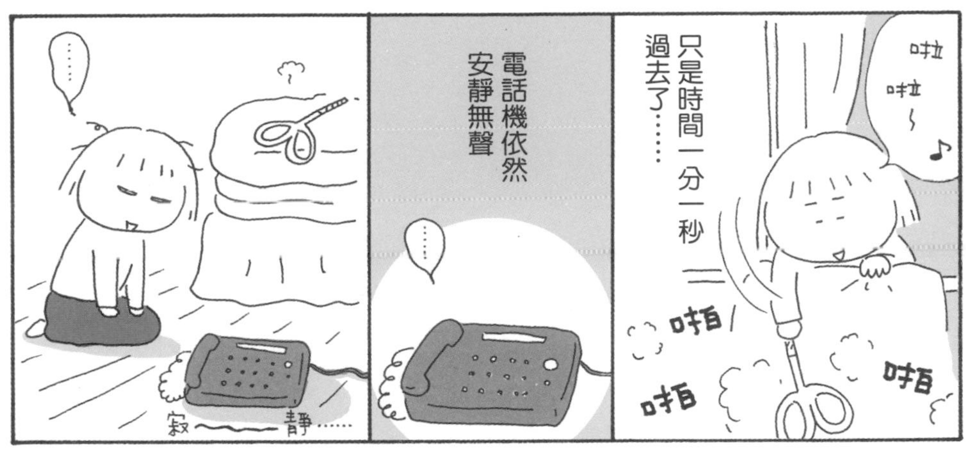
啦
啦～
只是時間一分一秒過去了……
啪
啪
啪
電話機依然安靜無聲
……
……
寂～～靜……

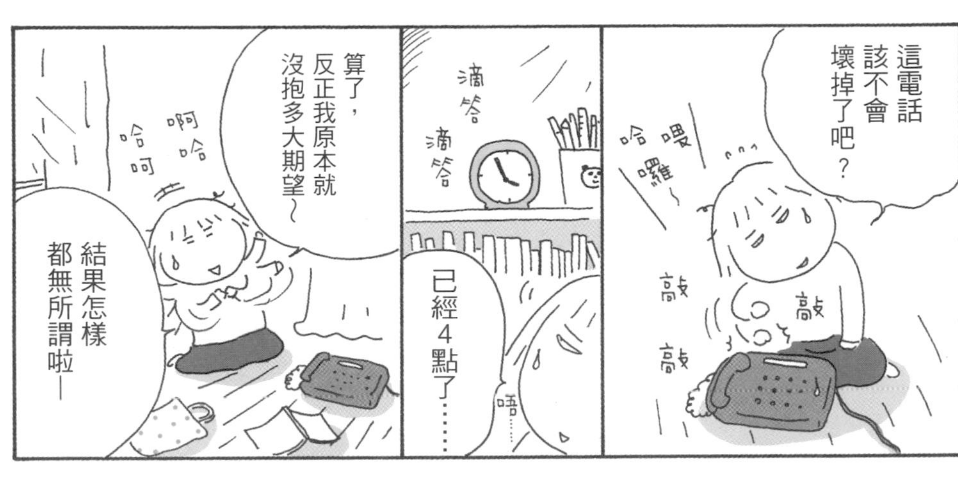
這電話該不會壞掉了吧？
喂
哈囉～
敲
敲
敲
滴答
滴答
已經4點了……
唔……
算了，反正我原本就沒抱多大期望～
啊哈
哈呵
結果怎樣都無所謂啦—

待在家裡心情更低落，於是……
笨蛋～
我決定出門散散心
我常去逛住家附近一個大購物中心
PAO
貓貓狗狗樂園
3~4樓女裝SALE
7樓美食街
PAO
私底下我稱呼它叫「院子」

這裡有很多令人心動、可愛又漂亮的衣服……
SHOP
但我很少買，只是隨意逛逛
de mode
Lon Lon
電梯
20% OFF
謝謝惠顧～
啦啦
在「院子」散步一圈
3雙 1000日圓

唉，一口氣就得到首獎實在很難哪—
NEW
這件好可愛唷～
看來我還是得更腳踏實地多努力才行啊……
這個也不錯～
PAO 徵人啟事
6F
4F
3F
2F
5F
1F
還是先煩惱打工的事吧～

等到太陽下山了才回家……
生魚片只要半價耶～
TOYU 超市
開門
嘿咻
我回來囉……咦？
閃閃
留言
哎唷？

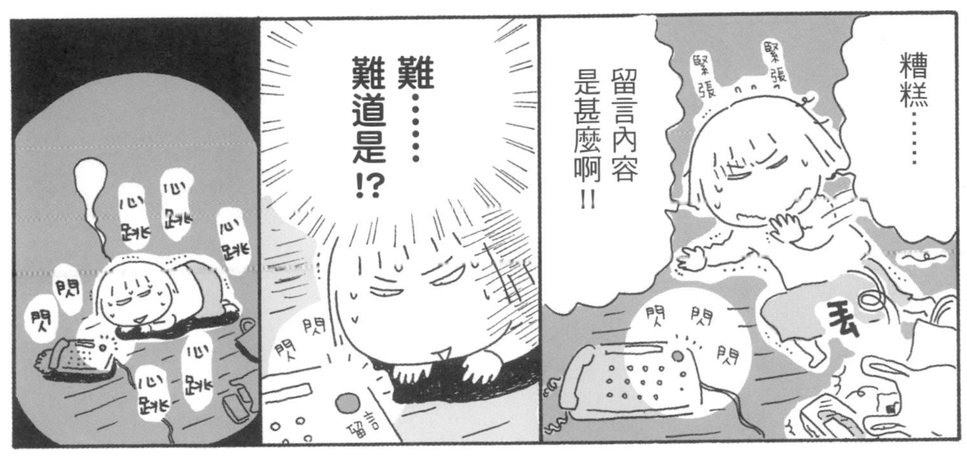

糟糕……
緊張
緊張
留言內容
是甚麼啊!!
閃
閃
閃
丟
難……
難道是!?
閃
閃
留言
心跳
心跳
心跳
閃
閃
心跳
心跳

不行不行，
期待越高
失望就越大……
心跳
心跳
心跳
心跳
心跳
抖
抖
閃
閃
鎮定……
一定要鎮定……
按
留言
您有
一通留言
嗶
啊~~嗄~~
驚

我是老爸啦，
你好不好啊？
我們
都很好~
虛脫~
我長這麼大
第一次如此生氣
老爸打來的電話……
……
呼嚕…
……
明天要更認真
找打工機會才行囉……

附帶一提，
當時我的畫風
和現在完全不同。

我是打算畫
那種「帶點藝
術氣息」的插
畫啦……

喜歡的畫家有
班尚（Ben Shahn）、
威廉德庫寧
（Willem De Kooning）
等等……

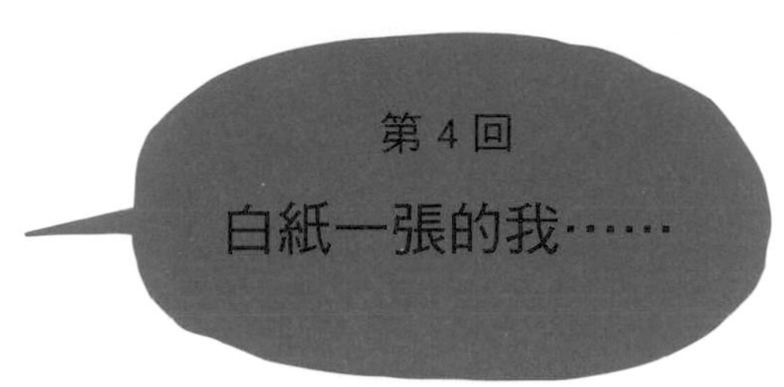
第 4 回
白紙一張的我……

今天照例有個直盯著存款簿瞧陷入沉思的女人……
……
之後這女人似乎下定決心去了附近的銀行……
都會銀行
急急 杜杜
事實上是因為目前使用的是在老家開戶的銀行戶頭，但東京的分行太少用起來不方便
西瓜銀行 高木直子
都會銀行 高木直子
所以想另外開個新戶頭

您好～我想開新戶頭～
好的，謝謝您的惠顧
新開戶申請書（一般帳戶）
好
請您先填寫這張申請書
貸款
嗯～地址與電話……
咦？

職業
公司職員
派遣社員
兼差
自營商
學生
主婦
其他
無業
職業啊……
怎麼辦……
雖然我是插畫家，
但目前
還沒有工作上門，
要說兼差嘛
也尚未開始打工……
那就選
「其他」吧～
其他
學

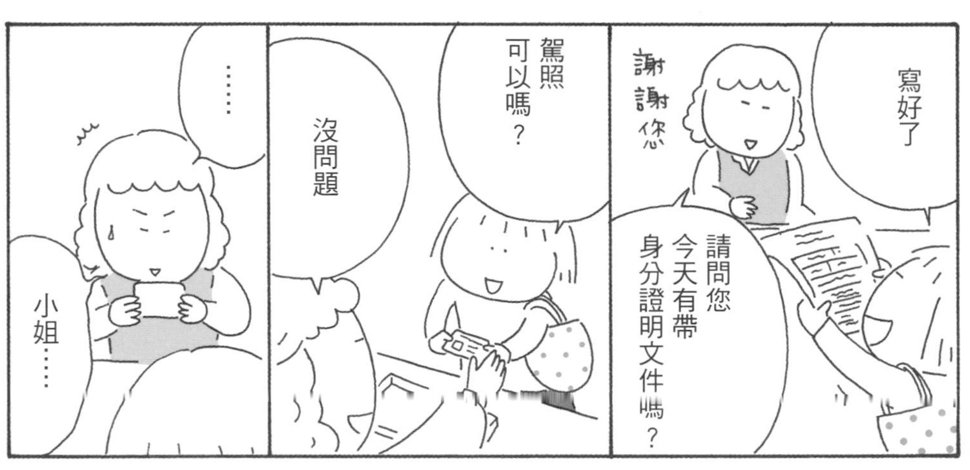
寫好了
謝謝您
請問您
今天有帶
身分證明文件嗎？
駕照
可以嗎？
沒問題
……
小姐……

您的地址
寫的是……
三重縣……
高木直子
優良
三重縣公安委員會
啊……
那是我老家的
地址啦……
對耶……
我的身分證登記的
還是三重縣老家的地址……

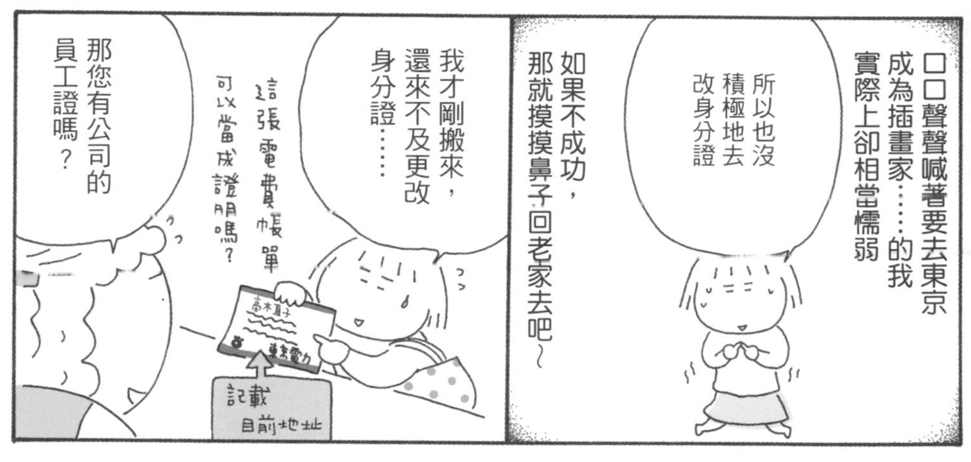
口口聲聲喊著要去東京
成為插畫家……的我
實際上卻相當懦弱
所以也沒
積極地去
改身分證
如果不成功，
那就摸摸鼻子回老家去吧～
我才剛搬來，
還來不及更改
身分證……
這張電費帳單
可以當成證明嗎？
記載
目前地址
那您有公司的
員工證嗎？

沒有～
職業是
「其他」呀……
小姐……職業欄
寫「其他」的
原因是……
啊……
那是因為……

我目前是
畫插畫的啦……
小小聲
哦，
原來您是位
插畫家啊？
新開戶申請書
（一般帳戶）
也不算是啦～
不過成為插畫家
是我正在努力的目標～
啊哈
啊哈
說是為了成為
插畫家才來東京的，
但未來會怎樣
也不敢確定～
口沫
橫飛

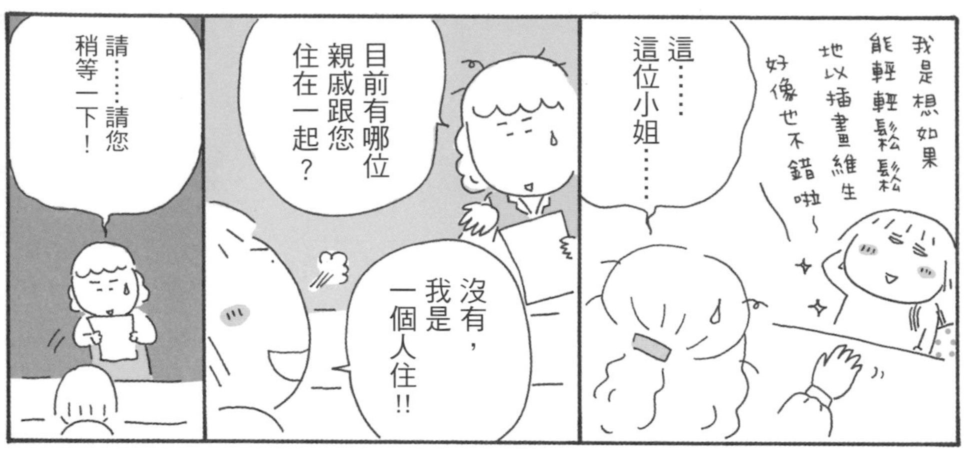
我是想如果能輕輕鬆鬆地以插畫維生好像也不錯啦～
這……這位小姐……
目前有哪位親戚跟您住在一起？
沒有，我是一個人住!!
請……請您稍等一下！

跟主管商量著
這位小姐～
是
真的很抱歉……
?

都會銀行
……
咻……
竟……竟然被拒絕開戶～
喵～
這樣啊……現在的我連在銀行開戶都沒資格……
呵呵……
因為我不具有社會上所謂的信用程度……
蹣跚
腳步

屋漏偏逢連夜雨，之後去錄影帶出租店辦會員卡也遭到拒絕……
這個地址在三重縣耶……
駕照
新片
我遭到徹底的打擊
嗚嗚……連借個錄影帶也不行～
仔細想想……
唉～

至今為止對於自己的諸多「身分」都習以為常
學生
我是高中生～
公司員工
我是正職職員
監護人父親
我是他女兒～
但現在的我甚麼都不是，完全處於一種「空白」狀態……
沒有沒有啥都沒有～
沒工作
沒身分證
沒監護人
而且也沒存款
沒信用

假……假如我現在遭遇到甚麼意外，電視新聞會怎麼播報啊……
高木直子（無業）
or
高木直子（自稱插畫家）
呵呵……好像都不怎麼樣耶～
但我就是不想成為東京都的居民……
……
所以身分證上暫時還是寫著三重縣民
高木直子
優良
三重縣公安委員會

我從三重縣民
變成東京都居民……
應該是在
上東京後
三年左右的
時候吧？
我記不得了

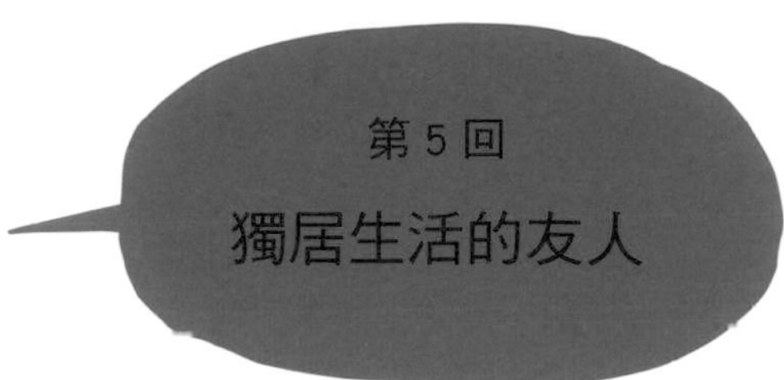
第5回
獨居生活的友人

最近我開始了全新的打工生活
啦啦~
負責在某個銀行內部……
東京銀行
雖然只是檢查信有沒有封好這種簡單的工作……
1
2
3
4
清單
啪
清單
啪

但因為我隸屬於一個最輕鬆的部門，只需將檢查過的信件整理好以打包機打包……
自動打包機
呆~
喀擦
至於業務內容就完全不知道了……
現在休息15分鐘~
喔
呆~

參加這個短期打工的有主婦、學生等等各種類型的人……
大多是女生
呼~
嘩 嘩
呼~好累唷~
去那裏坐坐吧~
喔，好哇，
我跟其中一個女孩變成好朋友

她和我一樣目前都是獨居中……
昨天我算過了~
這裡的打工如果每次都來，整段期間大概能賺10萬日圓~
和我差不多年紀→
10萬日圓嗎~
光付房租、水電和伙食費就差不多用光了~

但如果我節儉一點，一個月應該9萬日圓就夠用了~
真的嗎!?
盡量不使用水電的話，可以省下不少錢呢
我有冷氣機但完全不開
哦~
我們的經濟狀況似乎也差不多

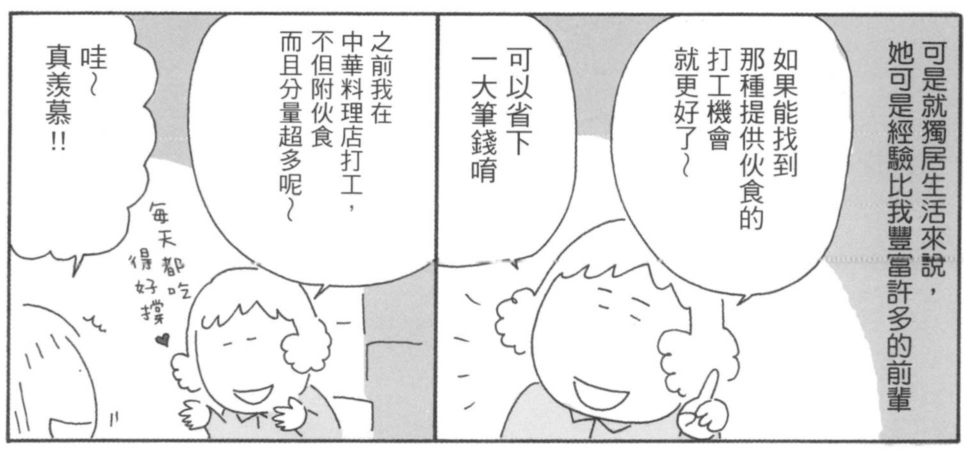
可是就獨居生活來說，她可是經驗比我豐富許多的前輩
如果能找到那種提供伙食的打工機會就更好了～
可以省下一大筆錢唷
之前我在中華料理店打工，不但附伙食而且分量超多呢～
每天都吃得好撐
哇～真羨慕!!

跟相撲相關的打工也不錯～雖然是在舉辦相撲比賽的國技館當販賣員……
一份糖炒栗子～
便當
燒烤
由於客人大多是上年紀的老人，工作超輕鬆……
啊！那是！
加油～
大関
如果遇見相撲選手，那就賺到囉

比賽舉行的15天內雖然不能請假，但只要工作15天，賺的錢就夠應付整個月的花費哦～
好，開始工作囉～
推薦給你
是哦～
好像挺不錯的……
這一天的工作就這樣結束了……
辛苦了～
辛苦了～

回家之後……
嗯……
再怎麼計算，這個月的支出都會超過10萬日圓～
買畫具花了太多錢……
嗶
嗶
SUN

唉，最恐怖的還是房租啦～
這個又小又破的房間每個月竟然要花我5萬日幣～
唉……在老家的時候日子還真舒服啊……
免付房租
每天附三餐外加午睡
還有寵物狗
汪～

但只要想到……
每個月的收支幾乎都是勉強打平的～
還有人也過著與我相同的生活……
我就能夠變得更堅強一些
對，要節約用電!!
關
從剛才就一直沒在看電視

今天同樣是在
銀行裡打工……
東京
銀行
休息時間
前陣子啊～
我趁放黃金周假期
的時候回廣島～
↑
老家
我開著車
帶我老媽
兩人一起去兜風～

當我們來到一個能看得到海、
令人心曠神怡的山丘上時……
瀬戸内海
哇
好漂亮
唷！
風景真好
啊～
老媽
我老媽突然……
我說小真哪……
要不要乾脆
搬回來啊？
小真→

我頓時不知
該怎麼回答～
只好先打馬虎眼
然後回東京～
呵呵……
這樣說來～
我老爸老媽
也經常……
說這種話呢～

天底下的父母都是一樣的啦~
休息時間結束囉~
對呀~
話雖如此……
……
喀擦
老爸老媽還是經常打電話給我
喀擦

怎麼？你過得還好吧~有沒有好好吃飯哪？
老爸
嗯~
打工如何啊？有沒有甚麼變動？
嗯~
你的生活還過得去嗎？錢夠不夠用啊？
講到一半換老媽聽電話
嗯~
有點心虛

就算日子過得去，也不要太勉強自己哦~
嗯~
太勉強自己心情會不好唷~有困難的話一定要馬上跟家裡講~
嗯~
每次幾乎都是在打迷糊仗的狀況下結束通話
呼……
喀擦

不過，稍微想像一下……
我是媽咪唷～
如果我也有個女兒……
讓孩子自由自在地長大成人……
吃飯囉～
哈
哈
突然有一天
我要去東京
甚—麼
女兒開口說……

滿腦子胡思亂想女兒一個人在東京是不是挨餓受凍……
肚子好餓喔～
嘿嘿～小姐～～
或者是被壞人騙了……
咕嚕
想想還真是令人擔心哪
女……女兒啊……
想像太過火連眼淚都出來了

為了讓父母親能放心，我一定得快點出頭天啊……
嗚……
只是插畫的部分完全毫無動靜……
目前賴以為生的打工，明天也將結束了……
汪～嗚

今天要和與我
同病相憐的朋友道別
今天是最後一天囉~
對呀~
我說啊~
今天晚上要不要
來我家吃飯？
今晚剛好有足球賽，
我們一邊看轉播
一邊吃飯如何啊……
好像是一場
非常重要的比賽

我不太會做菜啦，
但會做一些
簡單的料理~
啊呵呵……
嗯~好啊
好啊……啊!!
對不起~
我忘了今晚
我男朋友要來
我家~
是是嗎……
僵
無男友
打工的
最後一天，
我終於發現我們
彼此唯一的不同點……

於是我和她交換地址後
便各自回家了……
歡迎你隨時
打電話來唷~
我也是唷~
日子一天天過去，
我和她也幾乎不再聯絡……
嗚~~~
還沒找到
新的打工~
from B
來打工吧
我們的友情
就這樣無疾而終
我們一起
加油吧~~

真希望有個聚寶
壺，每個月都能從
裡面跑出10萬日圓～
我的無聊幻想……

第6回
到插畫學校上課去

記得上大學時的油畫老師曾說……

老師
(本業畫家)

把自己的作品拿給別人看是非常可恥的行為

乀?

18歲的我

畢竟自己的所有想法、慾望與內在不欲人知的一面

全都赤裸裸地呈現在畫作裡啊!!

辦畫作展覽會，根本就和全身一絲不掛地站在會場裡沒兩樣!!
大家看看我吧！
個展會場
赤——裸
就是會有這樣的感覺！
不會吧～
是這樣嗎？
總覺得……
請……請多指教～～
現在好像「全裸」站在這裡……
扭捏
不自在

把自己在家畫好的作品拿給別人看……
在場每個人都看見了……
真的會很害羞耶……
嗯……
緊張
不安
這個嘛
感覺似乎是在很迷惘的情況下畫出來的作品
ㄟ……有這種感覺喔!?
心驚
超市

似乎沒有傳達出「我就是想畫這個」的情緒唷～
啊……是……
應該是自己都還沒決定好要畫甚麼就動筆了吧？
有點模稜兩可～
面對有此偏好的人，作畫時就得更加力求呈現與表達～
你到底想畫甚麼呢？
戳
戳
戳
謝……謝謝老師的指導
老師們的批評我會放在心上裡的……
再加點油吧～

同時也能從其他人的作品得到一些啟示……
啊……是!!
下一位～
嗯……畫面是很歡樂啦，但構圖有點凌亂
啊…是
顏色與構圖再簡潔一點，才能呈現出畫作的主題～

作品主題挺有趣的，但可以更放得開一點
呵呵～
不過要維持住這個帶點趣味性的氛氛哦
畫得很可愛，但主角太孩子氣了點～
這樣啊～
我知道了～
下次試試看畫些外國的性感美女吧！

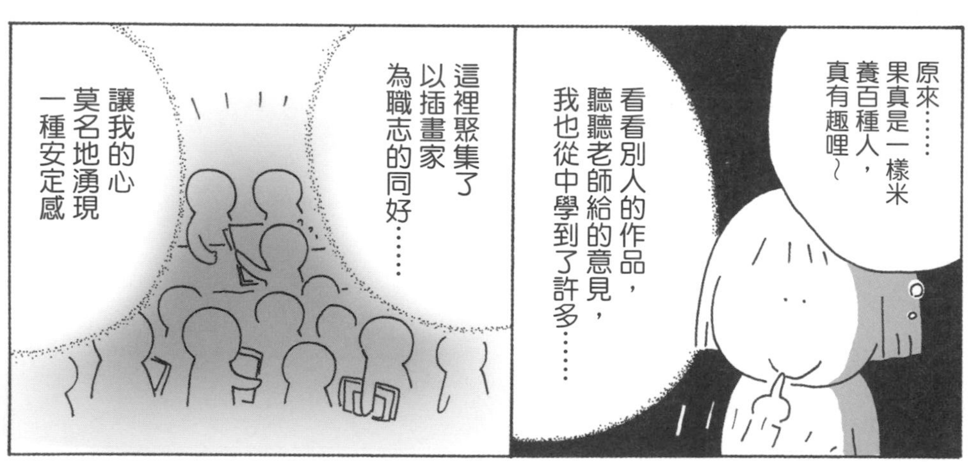
原來……果真是一樣米養百種人，真有趣哩～
看看別人的作品，聽聽老師給的意見，我也從中學到了許多……
這裡聚集了以插畫家為職志的同好……
讓我的心莫名地湧現一種安定感

來了幾次以後，我也漸漸和班上幾個人成為好朋友
回家的時候要不要一起去喝茶呀？
好
啊，哇～
但話題還是繞著插畫打轉……
最近你去了哪裡自薦？
嗯～前陣子我是去過○○出版社的設計部門啦……
啊～那家我也去過哦!!
主管是一位歐吉桑對吧？

我是滿想去找○○設計師啦，你有去找過他嗎？
啊～○○先生很忙，就算打電話過去，他也只會叫我們先把作品集寄給他看看
很難見到他本人呢～
我聽說○○雜誌編輯部的人都很親切，會認真看我們的作品哦～
但我也聽說他們都只是看看，很少真正給工作機會耶～
啊哈哈
自薦插畫界的心酸……

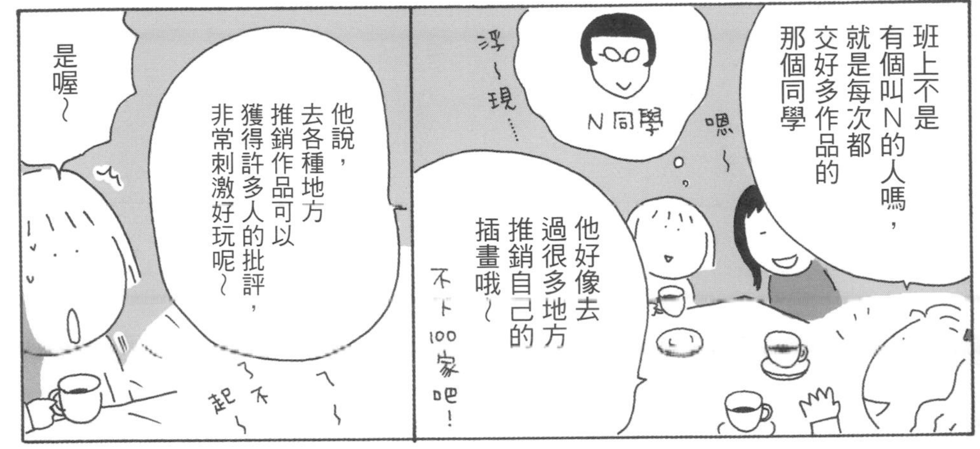
班上不是有個叫N的人嗎，就是每次都交好多作品的那個同學
嗯～
N同學
浮～現……
他好像去過很多地方推銷自己的插畫哦～
不下100家吧！
他說，去各種地方推銷作品可以獲得許多人的批評，非常刺激好玩呢～
是喔～
了不起～

喀答……
轟隆……
自薦
很好玩……
嗎……
喀咚……
發呆……
每次去做自薦，
我都緊張得快死掉了……
您……
您好～
緊張
而且絕大部分是
敗興而歸……
今天話還是
講得亂七八糟
的……
筋疲力竭
老實說
我一點也
不喜歡自薦……

那種愛
跟人家聊天、不怕生
又行動力十足、
精力旺盛的人……
啊哈哈～
真是
令人羨慕啊……
喀答……
發呆～
轟隆……
真希望自己也能
變得更強……

如果能夠和
插畫學校的同學
成為好朋友，
渾噩度日之餘
還能夠……
由眾人之中
脫穎而出
的我!!
啪
……我想自己
至少也要有
像這樣的氣魄吧……
……
喀答
轟隆……
就這樣陷～入了
沉思……

回家後
繼續畫我的圖
一定有人
願意看
我的作品!!
呼
呼
呼
但那純粹是受到
一股創作慾望所驅使的關係
……我的日子
主要還是被各種
打工追著跑……
打工
打工~
快遲到了~

結果，一直到兩星期後的
下一堂課之前，我也才畫了
兩張新圖
有時候會換老師
請多指教~
只是得到的評價沒甚麼兩樣……
嗯~
總覺得主題
還是不怎麼
明朗~
不會——吧

大家都畫了
好多作品喔……
請老師指導~
總之，全班公認最努力的
N同學這次又交了最多作品
請老師過目
哇~
喔~
真厲害
字排開
你畫得真多呢~

下課後同樣又是跟同學一起去喝茶聊天
哇哈哈
我說～高木同學是為了成為插畫家，有一天突然就這麼跑來東京，對吧？
就算還沒有工作，也沒有朋友？
好厲害～你的膽量真大呀～

你們不也是這樣嗎？
我早因為結婚才來東京的～
老家在福島
我老家在東京，從小就住在這裡……
我是上大學後來東京的，目前靠父母接濟中～
目前還是大三學生
靠打工攢生活費一定很辛苦吧？
嗯……很辛苦啊……

我認識的人大多還住在老家，偶爾上東京來推銷自己的插畫
嘿～
搭新幹線來推銷
就這樣接了幾次案子，慢慢建立起人脈……
耶～
有工作了～
祝♡第一個工作
等到靠接案子已經能夠生活的程度，就毅然決然上東京來
決定
決定去東京
是這樣喔～

我的朋友是先到東京的公司上班，住在員工宿舍裡，然後一邊偷偷做插畫工作呢～
哇……好厲害唷，竟然有人這麼有計畫性～
哇喔～
不過啊～為了生活每天忙著打工，應該沒甚麼時間創作吧？
心驚

喀嗒
喀嗒
喀嗒
……的確如此……
……
最近我也正煩惱著這件事……

為了成為插畫家，我來到認為能在這裡找到許多機會的東京，但實際上卻天天被打工追著跑……
生活費～～
打工～
倒是在老家的時候由於生活無慮，反而能夠專心地創作～
來囉～♡
吃飯了～
說……說不定待在老家反而能畫出更好的作品呢……
這也難講……
心虛……

但仔細想想～
對於來東京
自己好像也沒想過
縝密一點的
計畫耶……
到東京去多少
能有一番
成就吧？
不行的話
到時再想辦法
就好啦～
上東京前的我
對了……
當時老師
也這樣跟我說過……
我啊～
以前也考慮過
要不要去東京……
嗯……
是喔
← 19歲的我

不停煩惱著煩惱著，
結果還是決定留在家鄉……
呵呵……
如今不論是和這裡的人
或家人的關係都變得
太密切，已經離不開
這個地方了
轉身
我對現在的生活
感到很滿足……
偶爾我也會想，
當初如果去了東京，
我的畫家人生
又會變得如何呢～
老老師？
完

對呀～
那番話
一直在我腦中
揮之不去……
而來東京試試看
這件事～多少
也有點一時
興起的成分……
碎
碎
念
噹
噹
噹
噹
噹
噹
噹
小心柵欄

我這個人膽子小，
只要一害怕，
馬上就嚇得
發抖退縮……
喀答
噹
喀答
噹
喀答
噹
但在毫無計畫
的情況下
卻又很敢
就這樣做下去……

在這個
殘酷的社會裡……
像我這樣膽小
又無謀的人
……
能生存
得下去嗎……
碎
念
碎
喀答……
喀答……

我的生活依然
每天都處於
慌慌張張當中……
打工快來
不及了啦～
衝
衝
即使有許多煩惱……
打瞌睡
吞口水
我還是天天過著
兼顧打工與創作的生活

煮成稀飯，米的份量就變多了……

呵哈哈哈……

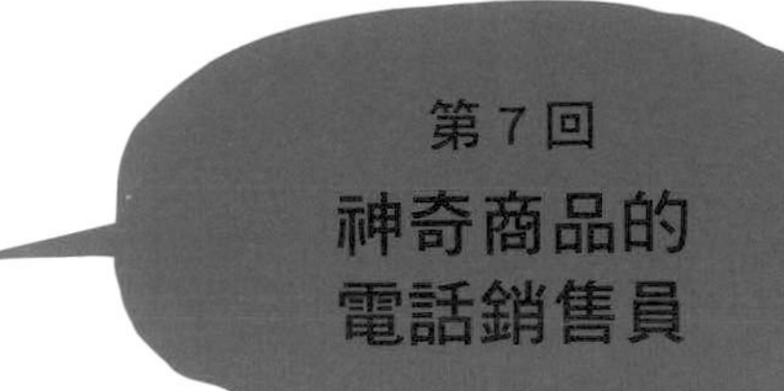
第7回
神奇商品的
電話銷售員

最近的新打工
是當電話銷售員……
辦公室在大樓
裡的某一間內
嗯～今天起
大家要推銷的是
神奇堂這個公司的
產品……
今天的報紙
也有刊登像
這樣的廣告哦～
神奇堂
有幸
買好
神秘的
力量！
這家公司本身
並不製造商品，
而是接受其他公司的
委託進行電話銷售員……

總之，
今明兩天
預計會有大量
訂單湧入，
大家要多辛苦了～
來打工的人
一共有20～30人左右……
宇宙的
首先先聆聽
當天要販售的商品說明
本公司
賣得最好的就是
這個減肥戒指
有18K金與
白金兩種

這個只要戴上去
就能變瘦，
聽起來好像
在騙人的商品……
18K金款式
¥9800
白金款式
¥18800
卻是神奇堂
超級長銷的明星商品
其次是這個
同樣讓人半信半疑、
說是能招來好運的
龍形鑰匙圈!!
啊哈哈～
……
因為不是自家公司的產品，
這公司的員工對商品
並沒有多少感情

不過！大家在電話裡
當然不可以說出這商品
很可疑之類的話!!
認真
但也不能說
「絕對有效」這種話!!
幸運水晶
客人最常問的
就是「這東西真的
有效嗎」，這時候
請這樣回答～
效果還是因人而異啦，
但我們有不斷
收到來自全國
各地的感謝函哦～
最佳示範

如果顧客的問題
太難回答，
可以給他們神奇堂商品部
的電話直接洽詢～
好了，
九點的電話銷售員
時間就要開始，
大家加油吧!!
是～
來打工的人各自擁有
當天由公司決定好的號碼……
哇～
我是1號
耶～
1
我是
12號～
12
哦，
24號～
24

然後各自對號就座……
鴉雀無聲
電話進來時首先是1號機響起……
馬上就來了!!
咻赫
鈴~~

1號機通話中時2號機便響起……
打來了！
您好，這裡是神奇堂
您要訂購一支瘦身戒指是吧~
接起
鈴~
鈴~
然後依序是3號、4號機……響起
因此號碼越前面的人就越是忙碌……
您好，這裡是神奇堂
接起
1號機忙得不可開交
鈴
話筒一放下立刻又響起

後半段的人電話機幾乎不曾響起，閒得發慌……
鈴~
您好
謝謝您的惠顧
這裡是神奇堂
鈴
……
……
……
沉——寂……
現在15號之後的人可以先午休了
喔
呆~
結果，一整個早上我連一通電話也沒接過
呼嚕~
鈴
鈴~
您好

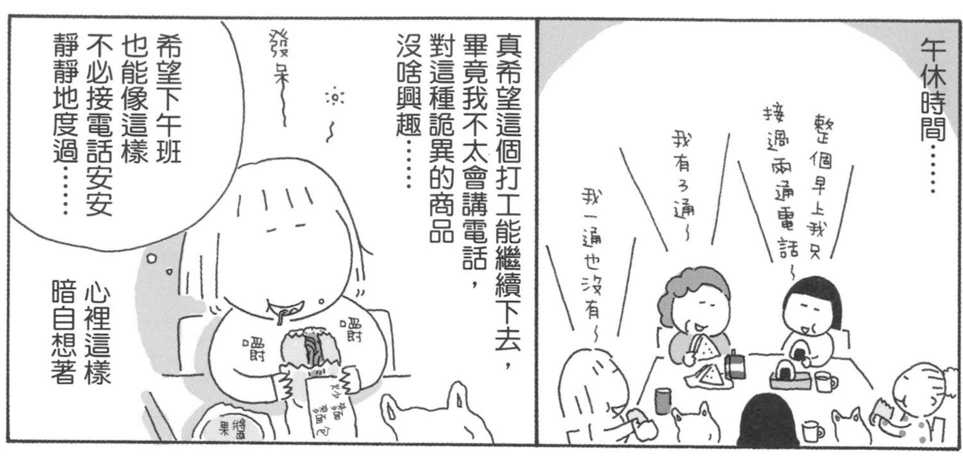
午休時間……
整個早上我只接過兩通電話～
我有3通～
我一通也沒有～
真希望這個打工能繼續下去，畢竟我不太會講電話，對這種詭異的商品沒啥興趣……
發呆～
嚼
嚼
炒麵
果醬
希望下午班也能像這樣不必接電話安安靜靜地度過……
心裡這樣暗自想著

但天下沒有白吃的午餐，下午的座位又重新排過一次！……
甚麼～下午班我是5號啊～
5
電話是一定會響的
緊張
緊張
接起
鈴～
您要訂購瘦身戒指是嗎～
請告訴我您的大名與地址～

哇～下一個就是我了……
啊
鈴……
緊張
緊張
終於……
鈴
來了！
驚
感……感謝您的來電～這裡是神奇堂～
接起
就這樣展開這個有點詭異的電話銷售服務……

首先是詢問對方要買甚麼東西……
我想買
今天報紙上刊登的
瘦身戒指～
鈴～
瘦身戒指是嗎～
鈴～
ㄜ……我們有18K金款式
和白金款式～
您好，這裡
是神奇堂
鈴～
我要18K金的～

接著詢問
一大堆必要事項之後……
瘦身戒指
18K金款式×1
矢瀨田稻子 小姐
57歲
主婦
神奈川縣橫濱市夢之丘
045-000-5963
貨到付款
銀行轉帳
您選擇的
是貨到付款的
方式～
銷售服務結束了
鈴～
呼～
賣出
一個了～
這東西
賣得真好
耶……
掛斷

不過電話馬上又進來了
哇
您好
鈴～
嚇
感……感謝
您的來電～～
這裡是神奇堂～
小姐～我想買
今天廣告單上
刊登的那個
瘦身戒指啦～
接起

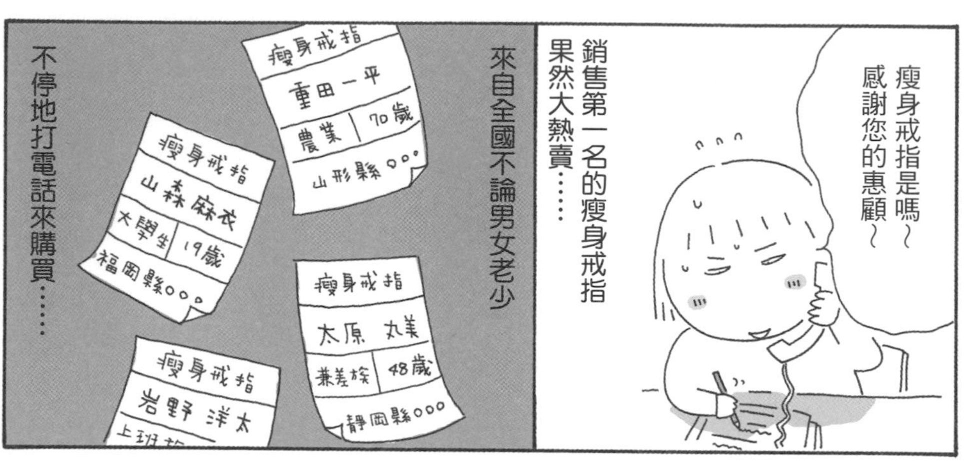
瘦身戒指是嗎～
感謝您的惠顧～
銷售第一名的瘦身戒指
果然大熱賣……
來自全國不論男女老少
瘦身戒指
重田一平
農業
70歲
山形縣○○○
瘦身戒指
山森麻衣
大學生
19歲
福岡縣○○○
瘦身戒指
太原丸美
兼差族
48歲
靜岡縣○○○
瘦身戒指
岩野洋太
不停地打電話來購買……

不過也陸續出現一些難題
俺要買那鍋～
○△♡×○回★
好唄～
難題1
滿口鄉音完全聽不懂
（尤其是東北老鄉之類的！）
請……請問
ㄍㄨㄥˇ這個字
要怎麼寫？
難題2
名字太罕見不會寫
（地名也很難……）

之前有去
做過健康檢查啦～
醫生說我有糖尿病～
這……
這樣啊～
醫生有叫我
多運動，可是
我膝蓋
不太好～
這個嘛～
而且啊，
我愛吃甜食，
又愛喝酒，
結果體重就
越來越重
難題3
對方講個沒完
（大多是關於健康的問題）
5

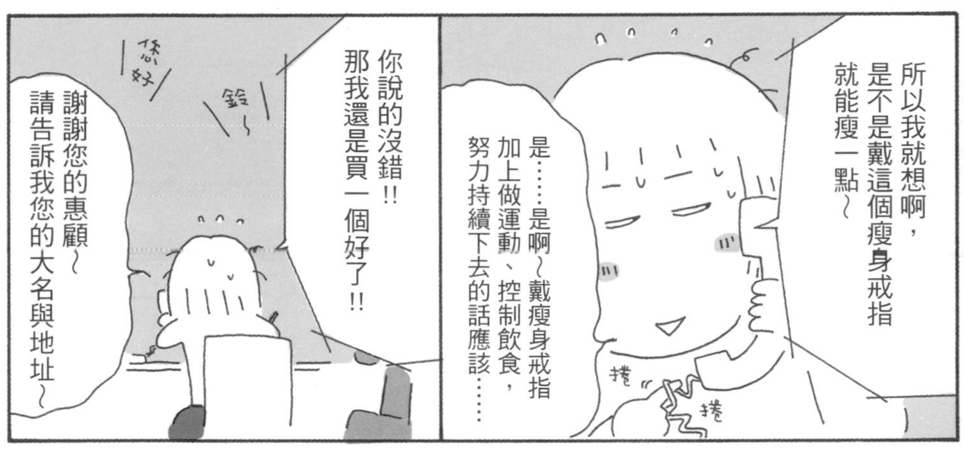

隔天還是繼續精神奕奕地喊神奇堂您好

您好，這裡是神奇堂

接起

今天賣得最好的依然是瘦身戒指……

您訂購的是白金瘦身戒指是吧～

鈴～

鈴～

您好

好的，請告訴我您的大名與地址～

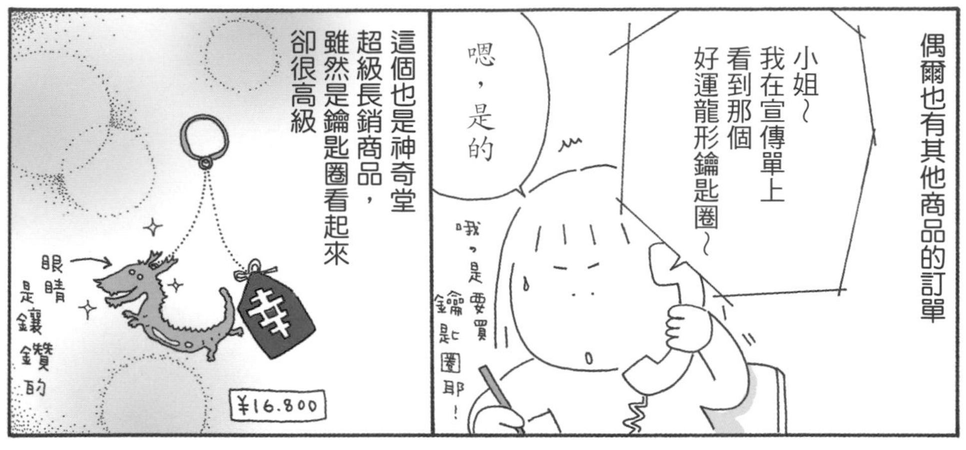
偶爾也有其他商品的訂單
小姐～我在宣傳單上看到那個好運龍形鑰匙圈～
嗯，是的
哦，是要買鑰匙圈耶！
這個也是神奇堂超級長銷商品，雖然是鑰匙圈看起來卻很高級
眼睛是鑲鑽的
¥16.800

打電話進來的是一位80歲的阿嬤……
是這樣啦～我那個老伴啊今年運氣一直不太好～
一開始啊～是突然腰直不起來，好不容易好一點了，胃又發現有腫瘤……
平常還滿有精神的他最近變得很消沉～好可憐哪～
嗎……
有預感她會講很久……
這個嘛～
是……是喔～

所以啊，如果買這個鑰匙圈給我老伴，說不定他就會恢復精神了～我是這樣想啦……
說得也是～
感～動……
嗯
嗯
……不過，這個鑰匙圈真的有效嗎？
甚麼
心虛

這……這個嘛～
效……效果……
緊張
因……
因人而異啦～
慌張
心虛
12
沒錯……這時候搬出那句老話就對了
但我們有
不斷收到來自
全國各地的感謝函哦～

哦～真的嗎？
呵呵呵……那就買兩個吧，
一個給老伴、
一個給我自己～
甚麼!?
兩個可以一起送來嗎？
12
我的媽呀～～～～!!

這一天的工作終於結束……
明天見～
辛苦了～
唉～
我的心情沉重到谷底
那個阿嬤……
這麼貴的鑰匙圈
竟然一口氣買兩個……
碎碎念

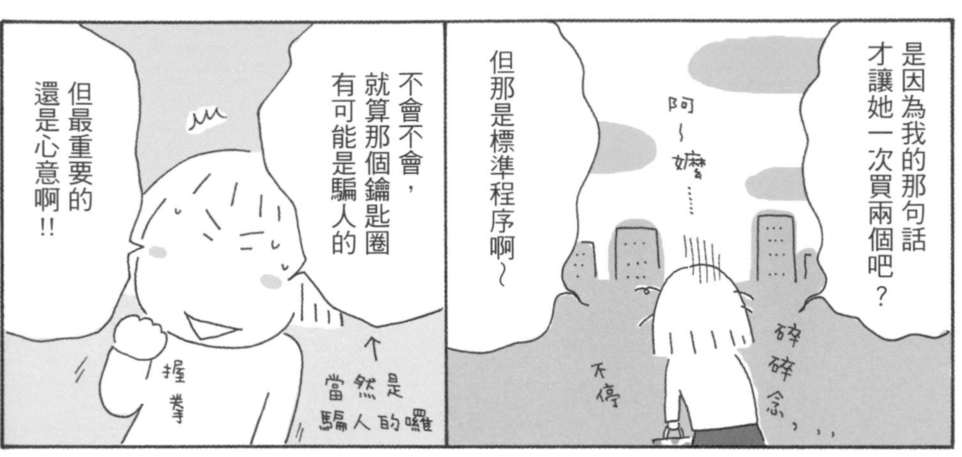
是因為我的那句話才讓她一次買兩個吧？
阿～嬤⋯⋯
碎碎念，，，
不停
但那是標準程序啊～
不會不會，就算那個鑰匙圈有可能是騙人的
當然是騙人的囉
但最重要的還是心意啊!!
握拳

老伴啊老伴，這是據說能帶來好運、全國的人都說好的鑰匙圈唷～
我們剛好一對唷～
喔～那太好了，這麼一來我一定能恢復健康了～
老伴哪，謝謝你～
想像圖
對呀對呀⋯⋯只要本人覺得有效，心情變好的話⋯⋯那就⋯⋯
自言
自語

對吧！你說對吧!?
突然
你說啊
路過的貓
蝦米？
算了，反正事情也不只這一件，加上我自己不是很喜歡這種工作⋯⋯
⋯⋯
後來沒多久就辭掉了

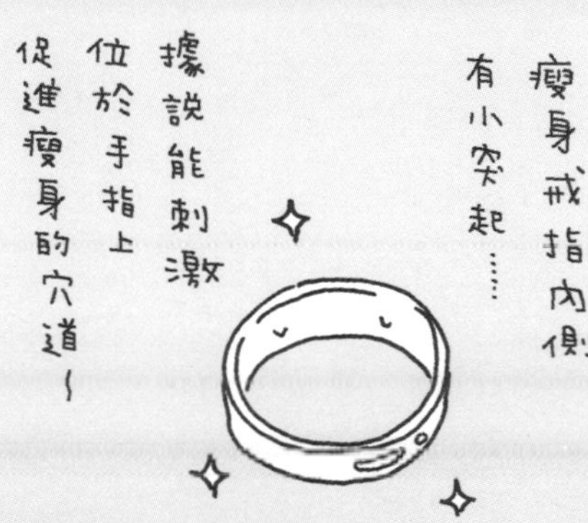

瘦身戒指內側
有小突起……
據說能刺激
位於手指上
促進瘦身的穴道～

第 8 回

我的專長是甚麼？

今天好不容易
又等到打工面試的機會
下一位
請進來～
啊……是
打工情報雜誌上說
這工作的時薪還不錯……
打字輸入員
使用電腦的打工機會
★無經驗可
★電腦打字高手
優先錄取
時薪¥1200
上班地點 御茶之水
等你一起加入
心想這工作挺好的樣子～
於是就去應徵了

嗯～可以請你說說
為什麼對這工作
有興趣的理由嗎？
面試官
啊……是，
我從以前就對
打字工作很有興趣……
緊張
緊張
其實我對打字工作
完全沒概念

也就是說，你的電腦功力滿不錯的囉？
啊……也不是啦……
心虛
履歷表
說實話，這時候我還不曾真正使用過電腦呢
在學校的時候有學過一點點……
真的只有一點點

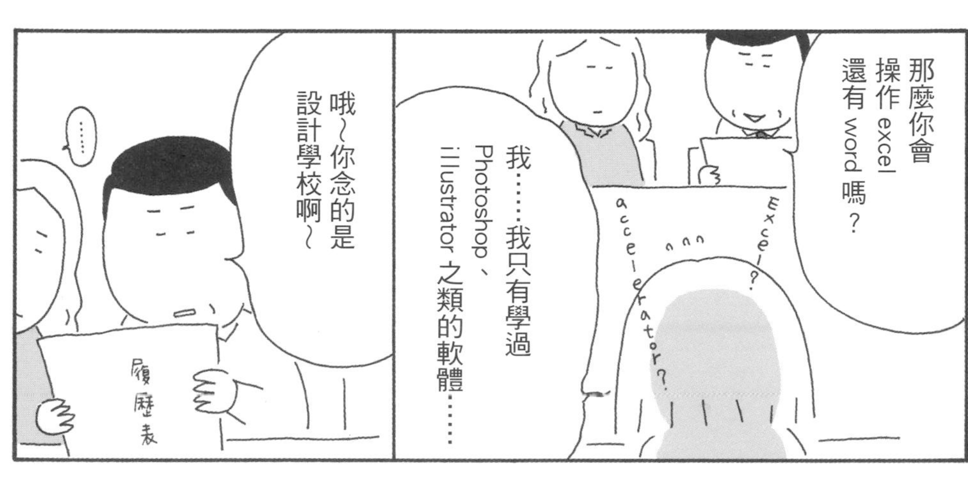
那麼你會操作 excel 還有 word 嗎？
Excel？
accelerator？
我……我只有學過 Photoshop、illustrator 之類的軟體……
哦～你念的是設計學校啊～
……
履歷表

你目前有從事其他工作嗎？
沒有……
啊，暫時做點插畫工作……
所以目前是自由工作者囉？
是的～
暫時……

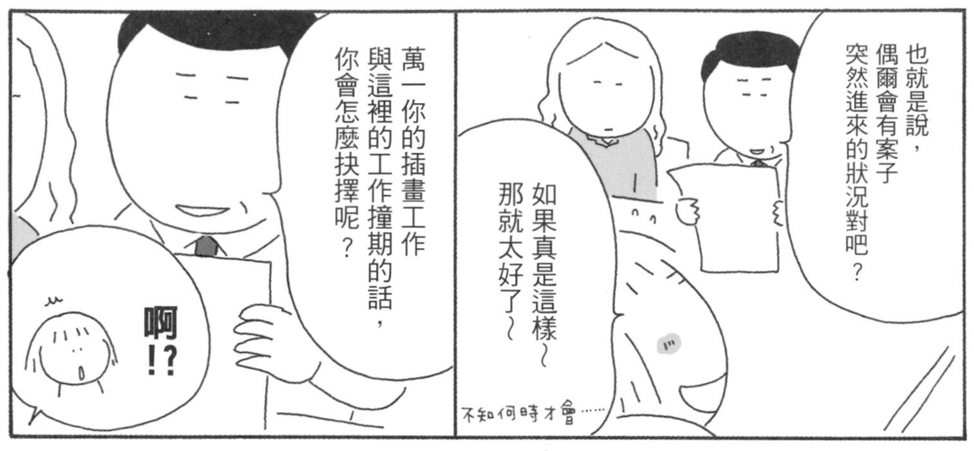
也就是說，偶爾會有案子突然進來的狀況對吧？
如果真是這樣～那就太好了～
不知何時才會……
萬一你的插畫工作與這裡的工作撞期的話，你會怎麼抉擇呢？
啊!?

這……這個嘛……
萬一發生的話……
到時候我希望自己能夠兼顧……
兩邊都不要耽誤……

面試就這樣結束了……
下一位請進來～
是
……
這……這個問題我是完全
束手無策啊……

公司果然沒有錄取我
哇嗚～老姐～我的打工面試又失敗了啦!!
這時候我會打電話給在老家當上班族的老姐吐苦水
甚麼～又沒被錄取唷？
怎麼老是這樣咧～

你不會跟對方說，Excel 和 word 都不難，自己很快就能學會嗎
是……是喔～
只要公司錄取你，你一定會認真學習，這樣不就好了！
真……真的嗎～
你很不會說話耶～

你的目標是當插畫家，這種多餘的事情幹嘛跟對方講～
反而造成反效果～
可……可是我～
反正你還是快點找下一個打工機會吧!!
嗚嗚……
就這樣被老姐訓了一頓，然後再去買打工情報雜誌……

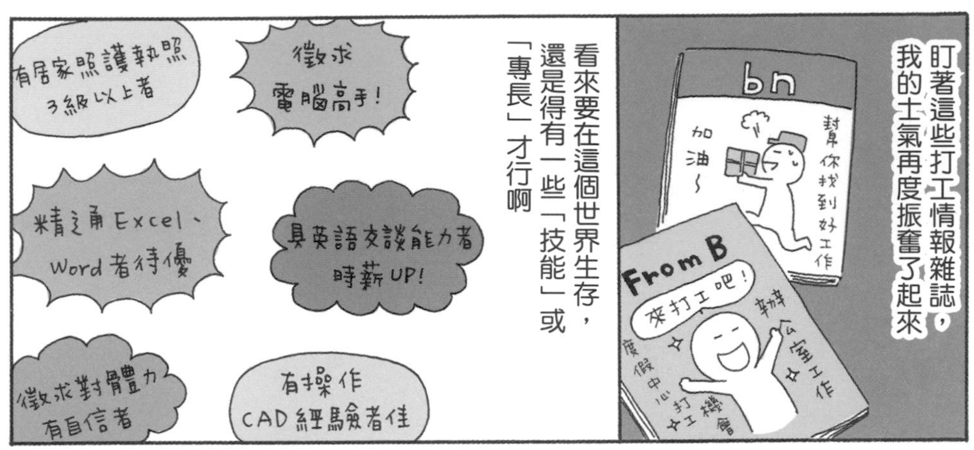
盯著這些打工情報雜誌，我的士氣再度振奮了起來
bn
幫你找到好工作
加油～
From B
來打工吧！
辦公室工作
度假中心打工機會
看來要在這個世界生存，還是得有一些「技能」或「專長」才行啊
徵求電腦高手！
有居家照護執照3級以上者
具英語交談能力者時薪UP！
精通Excel、Word者待優
有操作CAD經驗者佳
徵求對體力有自信者

這些條件我全都沒有～
只有駕照和珠算3級證書……
派不上用場～
唉～唉……早知道就認真點，拿到一些有用的執照或證書就好了～
秘書檢定之類的～
回首自己的過往……

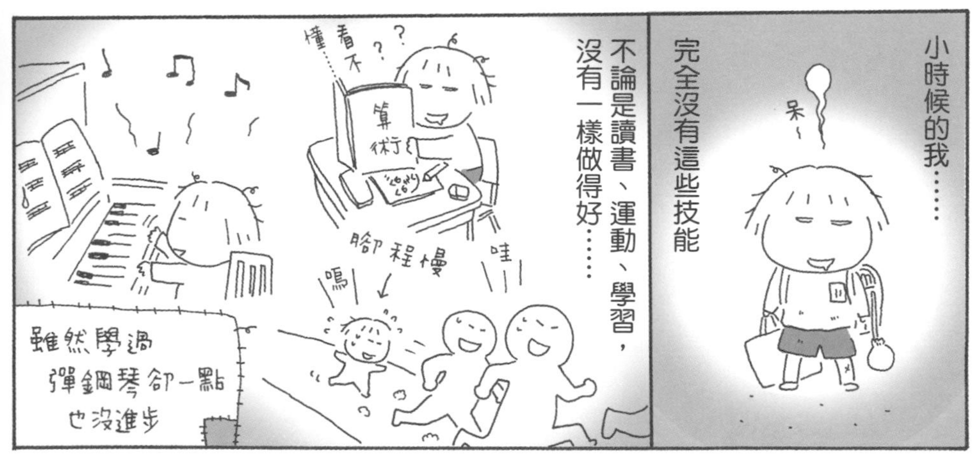
小時候的我……
呆～
完全沒有這些技能
不論是讀書、運動、學習，沒有一樣做得好……
看不懂？？
算術
腳程慢
嗚
哇
雖然學過彈鋼琴卻一點也沒進步

一無長才的我就這樣升上了國中……
你昨天有看七龍珠嗎？
國中一年級第一學期結束，第一次拿到 5 級成績評量表
給你～
啊～
小學只分3級

甚麼～～
我的成績單上整齊劃一地排列著「3」這個數字……
全都是3分？
其中只有一個數字令人眼睛為之一亮!!
5
哇!?
太好了……我也有個得「5」分的科目……
感～動……
那就是「美術」
成績單

沒錯!!我的專長就是美術!!
拚了
將來我就靠這個找工作吧!!
成績單
一年6班
高木直子
從那天起我就朝著美術之路勇往直前……
美術
(想像圖)
拚了～
美術5分
一路走來直到今天
我的少女時代 Fin

是啊～
從那天起我就決定
只走這一條路
才沒去考
任何執照或證書～
靠這樣的直覺
立刻決定了自己的方向……
我最喜歡的科目
就只有美術！

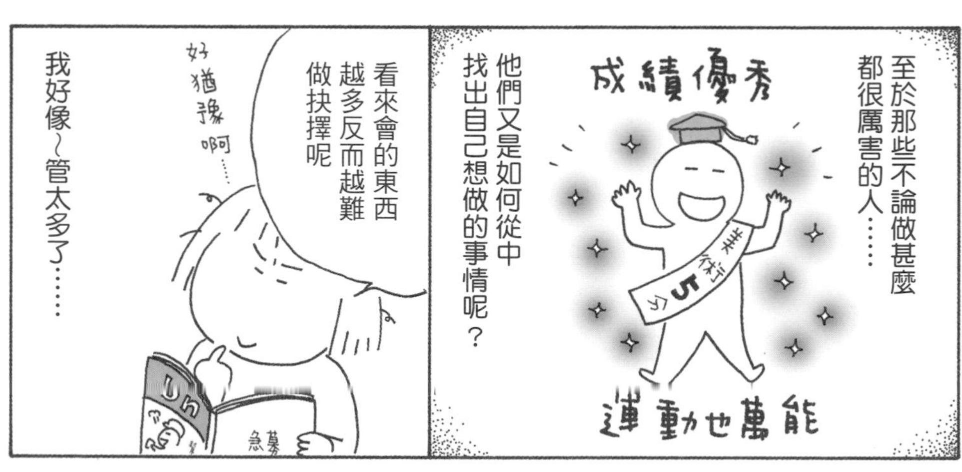
至於那些不論做甚麼
都很厲害的人……
成績優秀
運動也萬能
他們又是如何從中
找出自己想做的事情呢？
看來會的東西
越多反而越難
做抉擇呢
好猶豫啊……
我好像～管太多了……

就這樣，從以前到現在，
我的專長就只有「美術」!!
保有自我、
前途光亮的
人生!!
呵呵
不過，
找打工機會還是令我
嗚～
陷入苦戰當中……

履歷表上總令我不知所措的「專長」空欄……

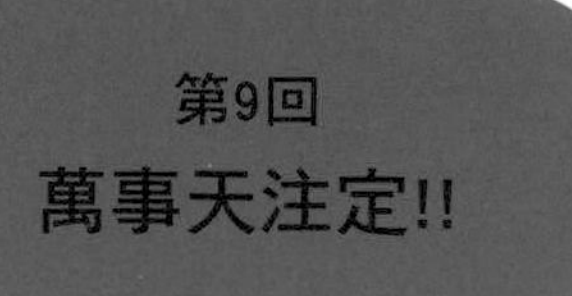
第9回
萬事天注定!!

一如往昔今天還是表情凝重地翻著打工情報雜誌的我……
唔～嗯……

雜誌裡多少有刊登一些能讓我運用到唯一專長的打工機會，但我卻刻意避開
招聘 圖卡繪製人員!
圖案簡單♥
雖然不多……
WEB設計、插畫高手待優
要問我為甚麼……

高中畢業後我考進了短大美術系
耶～如花一般的短大學生～
18歲時的春天
在短大裡開心地學了雕塑、染色、設計等許許多多(但相對不夠深入)課程……
甚至有佛教課程
雙手合十……

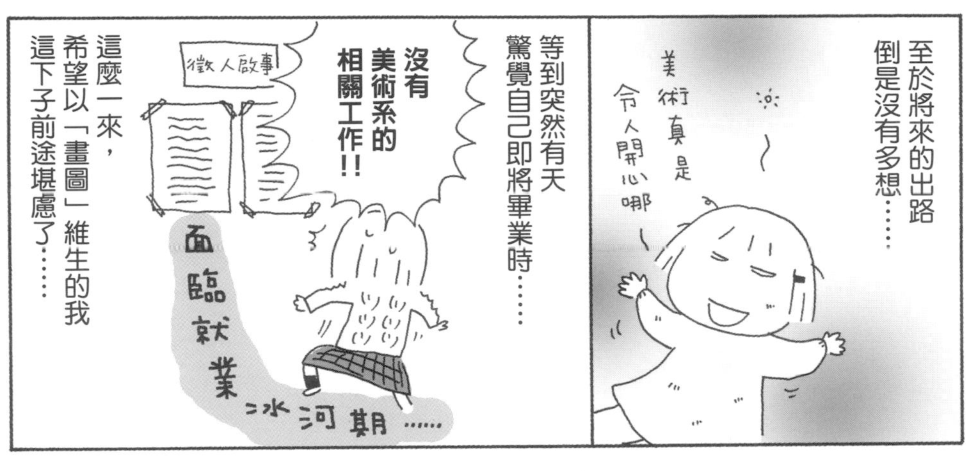
至於將來的出路
倒是沒有多想……
美術真是令人開心哪~
等到突然有天
驚覺自己即將畢業時……
沒有美術系的相關工作!!
徵人啟事
面臨就業冰河期……
這麼一來,
希望以「畫圖」維生的我
這下子前途堪慮了……

於是向父母拜託……
爸媽~有事要跟你們商量……
?
畢業後我又進入
設計專門學校就讀
哇~如花(?)一般的專門學校學生~
20歲時的春天

在專門學校裡,
我更加鑽研於設計類課程……
海報設計
LOVE
PEACE
唔~嗯
字體設計
GOTHIC
明朝
Helvetica
身邊的同學們大多是
高中剛畢業,比我小兩歲,
所以我很認真地上課……
怎能輸給年紀比我小的人~
哇
哈
帶著B全開畫版上學

畢業後順利進入名古屋一家設計公司當插畫員
這位是新進員工高木直子
請大家多指教～
怪異的鬈髮
拍手
拍手
拍手
22歲時的春天
就這樣彷彿實現了以畫圖維生的夢想……
好，拿出幹勁努力工作吧!!
自己的辦公桌
全身充滿了鬥志……

可是畫畫一旦變成了工作……
可以請你畫一個小嬰兒的圖嗎？
設計書
越可愛越好，拜託了～
好……好的!!
小嬰兒嗎……這個我倒是沒畫過呢……
要怎麼畫？
想……想認真畫反而畫不出來……

總之，小嬰兒的圖是畫出來了……
完成～
怎……怎麼辦？一點也不可愛……
糟糕～
唔～嗯……
打～擊
對方的反應大概是這樣……

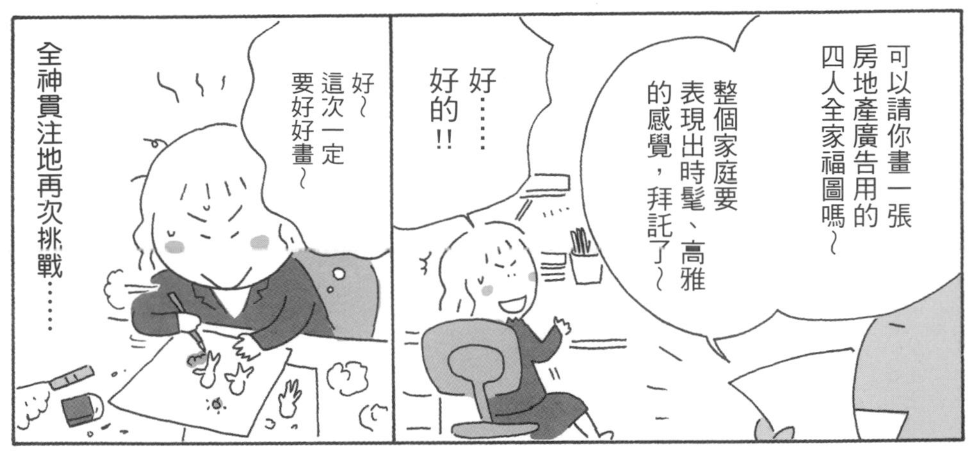
可以請你畫一張房地產廣告用的四人全家福圖嗎～
整個家庭要表現出時髦、高雅的感覺，拜託了～
好……好的!!
好～這次一定要好好畫～
全神貫注地再次挑戰……

但畫好的圖卻連自己都很難點頭接受……
花了好多時間才畫好的說……
這……這個全家福看起來一點也不時髦……
唔～～嗯……
好像不太符合要呈現的感覺耶～
打～擊
果然！

像這樣，公司雖然陸續要求我畫了不少插畫……
可以幫我畫京都的插畫地圖嗎？
請幫我畫張天竺鼠的圖～
寵物雜誌
旅遊指南
插畫地圖？
天…天竺鼠～
但這些圖幾乎沒幾張是畫得好的
嗚～～天竺鼠～
圖鑑

近鐵
名古屋車站
每天都帶著沉重的心情回家……
怎……怎麼辦……
明明學過了
各種畫圖的方法……
沒想到畫出來的東西
卻這麼糟……

是因為
新人的關係嗎……
只要我更努力，
應該能畫得
越來越好吧……
回想起
當學生的
時候……

畫圖是件開心的事，
想畫甚麼就畫甚麼……
在畫布上
展現自我！
呵～
我一直認為
那就是所謂的個性……
這幅圖
真有趣～
好像
直子唷～
啊
呵
呵……

但我發現出了社會
好像就不是這麼回事了……
可以畫張
蕎麥麵作法的
說明圖嗎？
今天要
畫好唷，
拜託了～
新商品
在家做出
道地蕎麥麵
包裝
重要的是
要具備把各種插畫
與時事融合在一起
喀答……
以及迅速正確
完成插圖的能力……
轟隆……

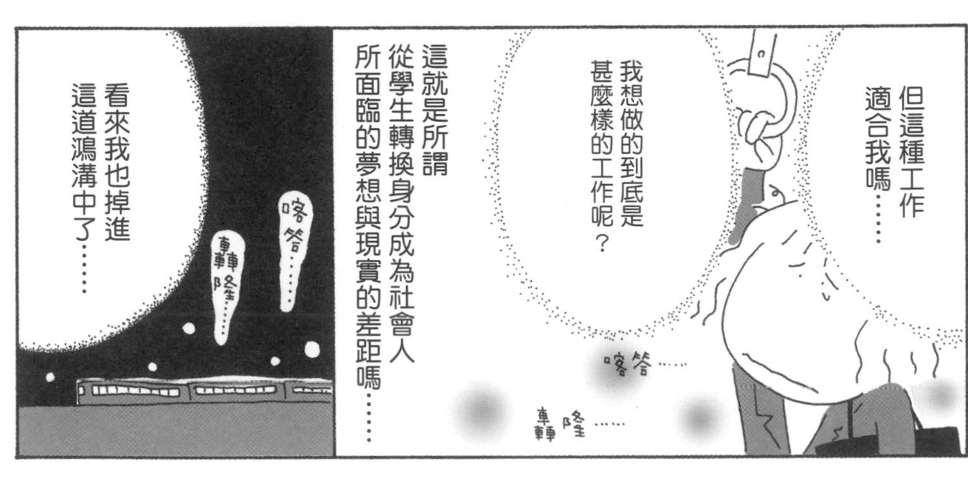
但這種工作
適合我嗎……
我想做的到底是
甚麼樣的工作呢？
喀答……
轟隆……
這就是所謂
從學生轉換身分成為社會人
所面臨的夢想與現實的差距嗎……
喀答……
轟隆……
看來我也掉進
這道鴻溝中了……

……就這樣，
某一天我收到一封通知函
頒……頒……
頒獎典禮!!
那是我以前
參加插畫比賽的作品
獲選的展覽會兼頒獎儀式
通知函

可是頒獎典禮是在東京銀座
舉行，而且是平日的晚上……
唔……
銀座……
星期一……
身為公司菜鳥的我
實在開不了口說
「我要請假」這種話……
怎麼辦～
怎麼辦啦～
人家好想去唷!!
我一直猶豫著……
唔～～
嗯～～

結果我還是決定
去參加頒獎典禮
夜間巴士
往東京
頒獎典禮當天早上
我從新宿車站打公共電話
回公司……
對……對不起，
我肚子痛，
今天想請假……
新宿～
人潮
擁擠
啊～～
有廣播
聲～
我就像個國中生般
裝病打了電話……

然後在路上閒晃殺時間
一直到晚上……
哇～
東京的街頭～
緊張
興奮

終於等到傍晚，
我來到了頒獎典禮會場
哇～～
這裡就是
銀座～～
GALLERY
頒獎典禮會場
西望
東張

典禮會場非常氣派，
裡面擠滿了人……
祝
喳喳
嘰嘰
自助餐形式
除了評審委員，
不少設計界與插畫界名人
也都前來參加
啊，那不是
著名的插畫家
○○先生嗎!!
那位是
○○設計師耶!!
哇～

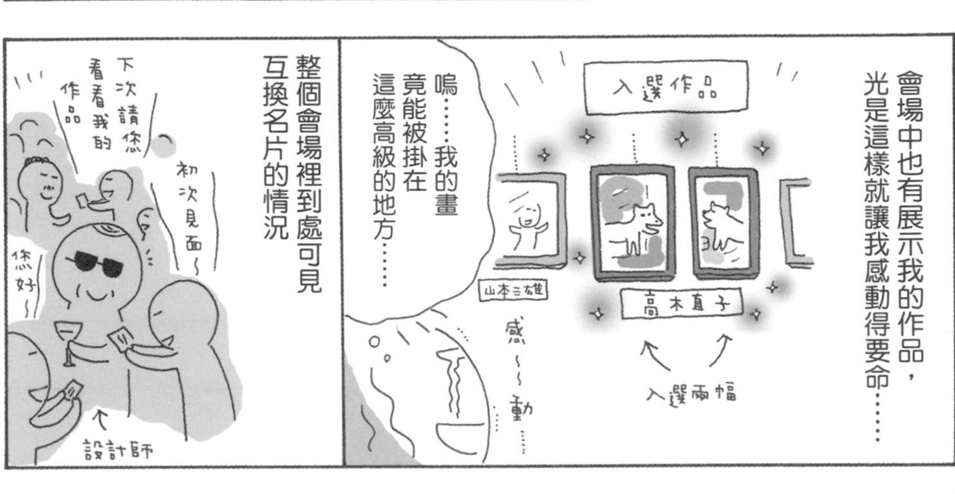
會場中也有展示我的作品，
光是這樣就讓我感動得要命……
入選作品
高木直子
山本三雄
入選兩幅
嗚……我的畫
竟能被掛在
這麼高級的地方……
感～～動……
整個會場裡到處可見
互換名片的情況
下次請您
看看我的
作品
初次見面～
您好～
設計師

我知道會有這個情況，
所以也做了名片……
但……但地址是三重縣……
illustrator
高木直子
〈地址〉
三重縣
加上我不擅常面對陌生人，
沒甚麼機會與人交談，
只是在會場裡晃來晃去……
喳喳
嘰嘰

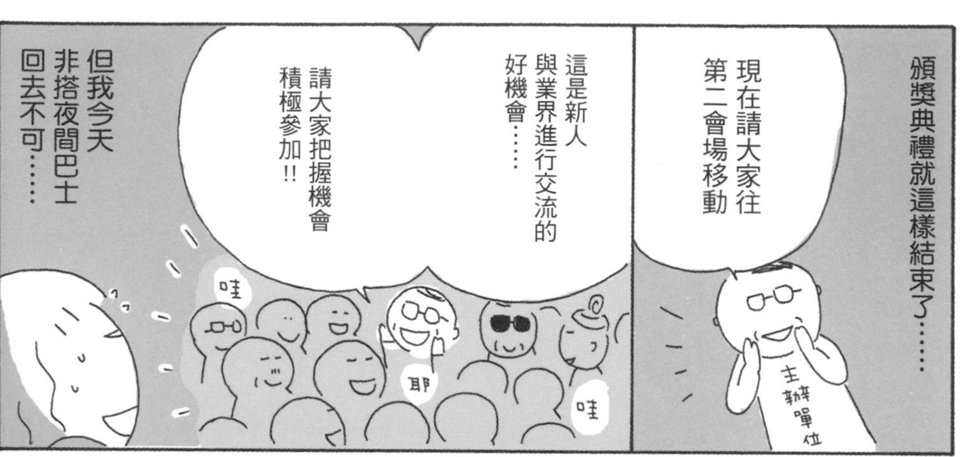
頒獎典禮就這樣結束了……
現在請大家往第二會場移動
主辦單位
這是新人與業界進行交流的好機會……
請大家把握機會積極參加!!
哇
耶
哇
但我今天非搭夜間巴士回去不可……

夜晚的銀座就這樣漸漸消失在眼前……
嘰嘰
喳喳
看著大家的背影……
感覺好像被人從後面揪住了頭髮……
……
我離開了會場

然後繼續過著充滿煩惱的上班日子……
悶悶
不樂
從今以後我該怎麼辦……
難道要一直待在這家公司賣命嗎……
悶
悶
悶
還是乾脆辭職算了……

或許我該把工作與興趣分開，
把畫圖當成純嗜好……
哈呵呵～
真開心～
開朗的假日畫家♥
這樣會比較像我自己……
其他的工作……
嗯？

唉～但我從沒想過，
除了畫圖
我還能做甚麼工作……
事務員？
營業員？
完全沒考慮過
自己可以做些甚麼……
唔～嗯……
還是我……
到東京試試看……
說不定世界
會有所改變？
……

……就這樣，
平常沒甚麼用到的腦袋
反覆思考著許多事情
咦？
喀擦
全身也像剛踏入社會時
一般沸騰了起來
近鐵
名古屋車站
不……不行，
要早點
回家去……
昏眩……
這時候……
哎唷？
沙沙

啊
育嬰俱樂部
會員招募

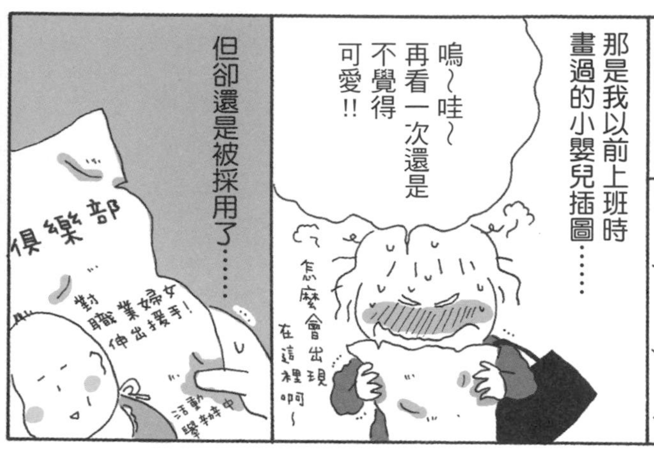
那是我以前上班時畫過的小嬰兒插圖……
嗚~哇~再看一次還是不覺得可愛!!
怎麼會出現在這裡啊~
但卻還是被採用了……
俱樂部
對職業婦女伸出援手!
活動舉辦中

覺得這個糟透又不吸引人的插圖……
似乎與現在的自己有幾分相似……
……
人潮
人潮
人潮

當晚發高燒的我……
媽咪~~
嗚嗯
噩夢

隔天早上起床時突然有股奇妙的爽快感……
……
退燒了

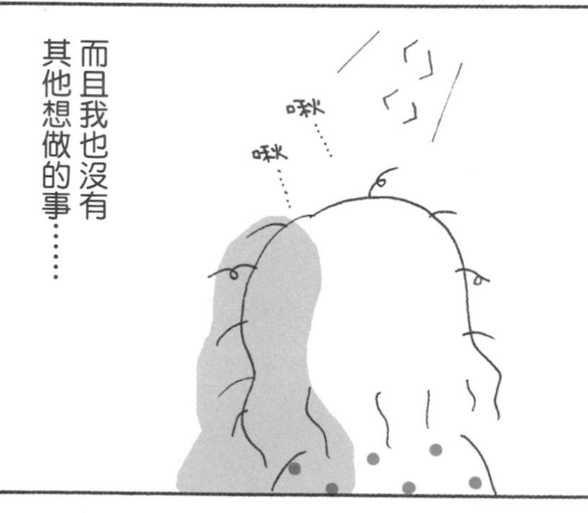
再這樣煩惱下去不是辦法……
啾……
啾……
而且我也沒有其他想做的事……

決定了!!
萬事天注定，
不如去東京闖闖看吧!!
萬一不行
再放棄也不遲啊，
就這麼辦吧!!
竟然～
就這樣決定了……

我辭掉做了一年半的工作，
之後來到東京一直到現在……
目前
不好意思，
回憶有點
冗長……
bn
打工
就是這樣，
好不容易找到
一條新出路
來到東京……
所以不想再度
從事半吊子的
插畫工作……
……但話雖如此

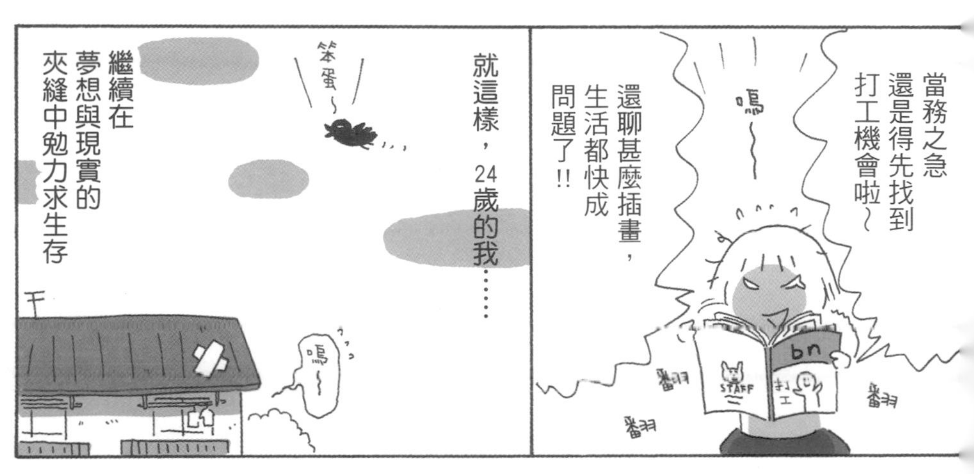
當務之急
還是得先找到
打工機會啦～
嗚～
還聊甚麼插畫，
生活都快成
問題了!!
bn
STAFF
打工
翻
翻
翻
就這樣，
24歲的我……
笨蛋～
繼續在
夢想與現實的
夾縫中勉力求生存
嗚～

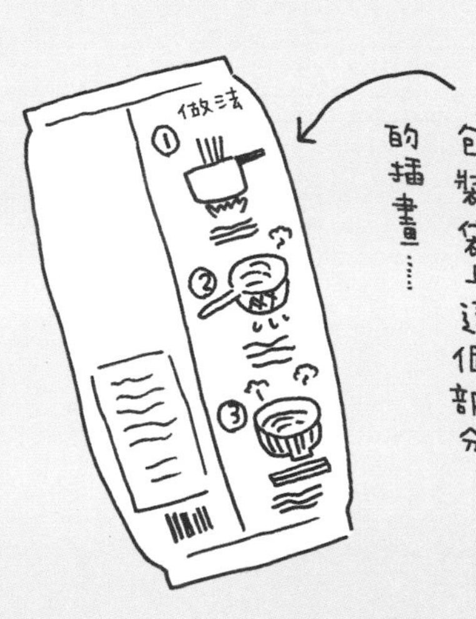
做法
①
②
③
我畫的是蕎麥麵
包裝袋上這個部分
的插畫……

第 10 回
目前算是「B 的時代」!?

沒看清楚這個字母就購買，結帳時可能就得付一大筆錢，一定要注意
深紫
這一條是「C」唷……放棄吧……
唔～～這一條是「B」啊……買不買呢……
自言自語
自言自語
B的話應該還好吧……
?

算了，就買吧
B還負擔得起！
我有個不為人知的信念就是……
生活費可以省
材料費省不得
盡量
盯～
還有，紅色也用完了～
話雖如此……
喔，這紅色不錯耶～

天哪～出現了！恐怖的「F」等級!!
820日圓～～
但也不能太奢侈
呼～顏料就這些吧
畫筆區
啊，還要買幾支筆

唔～嗯……
這支筆要
盯～
680日圓
啊……
這支筆
有甚麼地方值得
花這麼多錢……
自言自語

可是以前買過
那一區便宜的筆，
結果很難用～
合理公司之筆
毛很快就掉了
680日圓
都能買好吃的
鮪魚生魚片了說～
¥680
鮪魚
¥680
生
超喜歡但已經一陣子沒吃的食物
發呆……
材料費省不得！
（盡量）
緊握……

就這樣邊猶豫邊煩惱地
去櫃檯結帳了
一共是
3890日圓～
嗶——
唔……
唉～
竟然買了
這麼多～
雖然去畫具材料店都得花一筆錢，
荷包嚴重失血……
連紙也買了
但就心情上來說，
卻是個能讓我沉靜下來的好地方
地球堂
畫框
畫材
啦～
啦～
地球堂

耶~第一次
買這個顏色，
效果還不錯呢!!
痛下決心
買的這支筆
真好用!!
像這樣試用新買的材料
啦~
啦~♫
是我最開心的時刻……

聽說畢卡索也曾經
有段生活清苦、只買得起
藍色顏料的日子……
當時最便宜的顏料
是藍色
藍色時代
稱之為……
現在只買得起
「B」級顏料
的我……
也可稱之為
「B」的時代囉？
之類的~

究竟要等到何時才能夠
啊，好棒的顏色~♥
拿
拿
拿
這顏色也不錯♥
不必考慮價格
隨心所欲地大買特買呀……
真的能有這種日子嗎……

隔天早上
啾……
啾……
哇~~
完蛋了!!昨天畫圖的時候……
竟然不小心睡著到天亮!!
驚慌
地球

嗚~顏料全都變硬了~
嗚嗚……
我還擠這麼多出來，好浪費唷~
※壓克力顏料變硬後就不能再被水溶解了
咦?
天哪~~
筆也直接丟在那裡!!

花了680日圓買的新筆也……
變得硬梆梆地沒辦法再用了……
嗚~
為了懲罰糊里糊塗的自己……
有一段時期都只以粗茶淡飯度日
嗚……
配菜只有納豆

就連「紙」也有昂貴的高級品。
一張800日圓？
阿奇士紙
而且這種紙好臭唷……

第11回

東京街頭的一抹亮光

我們這家店的特色就是以明朗洪亮的聲音來接待客人!!
你看起來文文靜靜的，有辦法做到嗎?
盯~
可……可以~我會努力的~
那麼你先練習打招呼給我瞧瞧!!
開始吧!!
啊

歡……歡迎光臨~
謝謝惠顧~
給我打起精神!!
聲音太小~!!
歡迎光臨!!
再大聲點!!
謝謝惠顧!!

喘~
喘~
聽起來~沒甚麼霸氣也不怎麼開朗啊~
不開朗一點是不行的唷~
啐……
……為甚麼想來這裡打工?
因……因為這工作離家近看起來又挺有趣的……

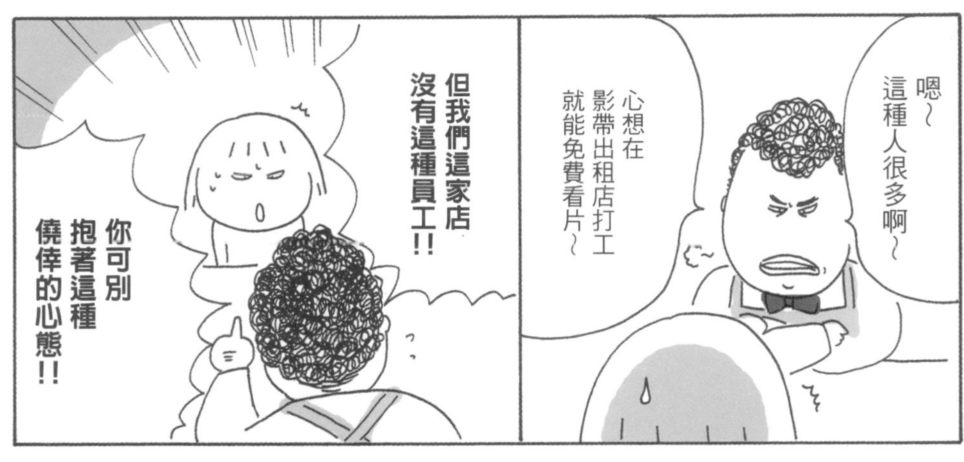
嗯～
這種人很多啊～
心想在
影帶出租店打工
就能免費看片～
但我們這家店
沒有這種員工!!
你可別
抱著這種
僥倖的心態!!
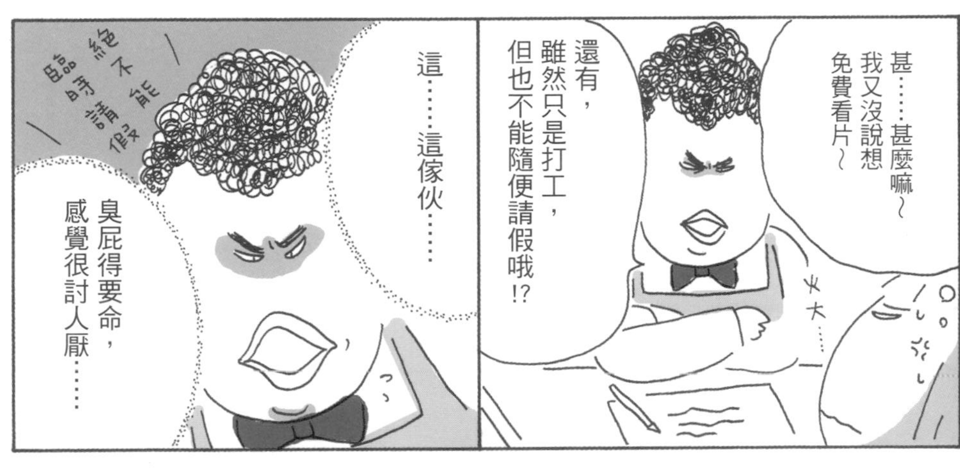
甚……甚麼嘛～
我又沒說想
免費看片～
還有，
雖然只是打工，
但也不能隨便請假哦!?
這……這傢伙……
臭屁得要命，
感覺很討人厭……
絕不能
臨時請假

怎……怎麼辦，
我不太想
跟這個人一起工作……
那麼……
我先錄用你，
下禮拜來上班吧
緊張
緊張
對……對不起……
我不來
打工了……
緊張
緊張
緊張
你說
甚麼!!

心情馬上就能好轉……

對呀對呀~~

啊哈哈~~

心裡鬆了一口氣……

父

但現在我卻不想打電話給任何人訴苦……

前陣子才剛打過電話……

而且還要電話費……

只想趕快忘掉這件事……

但這時候
光靠我自己卻
無法振作起來……
心情也就越來越悶……
我到底在做甚麼啊……
淚光～

為了成為插畫家來到東京，
實際上卻……
嗚……
嗚……
不過是租了個
小房間過活而已。
林林總總浮上心頭……

嗚哇～～嗚
再這樣……
繼續躲在房間裡
只會越來越消沉，
因此……

出門走走
轉換一下心情
地下鐵
嘩
嘩
啊哈哈
路上人來人往，
到處都是
可愛有趣的店家……
整條街散發著
歡樂的氣息……
嘩
嘩

但現在的我
身邊沒甚麼隨意就能
約出門的朋友……
也沒閒錢
讓我開心地大肆採買……
卡拉OK
boutique
USED
TEA cafe
拉麵
BOOKS
嘩
嘩
哇
哇
……

只能在街上閒晃……
嘩
嘩
嗚……
啊……糟糕……
又……
結果我爬上
偶然經過的高層大樓展望台去
高～～聳
35F
展望台
免費

從展望台
能一覽無遺
整個東京都
哇啊～～～
¥100

好……好棒啊，
我第一次看到
這種風景耶……
東京真的到處
都是建築物啊……
完全沒有山！
看來我可是
在一個
了不起的地方
過日子呢……
哇～

但是，
在這遍地是房子的地方……
卻沒有我的容身之處……
……
不安的情緒
揪痛著我的心

天色漸漸暗了……
……
東京街頭
陸續亮起了霓虹燈……
我又再次回到那個
房間

呼~
好累唷~
攤
平
餓死我了~
咕
嚕
來做個炒飯吧~
嘶
嘶
哇
哈
哈
嚼
嚼

啊，明天是
倒可燃垃圾的
日子……
嘩
啦~
趁晚上
先拿出去丟~
丟
可燃
二·五
三
呼~倒好囉
啪
啪
……咦？

那是我的房間？
第一次看到它點燈的模樣耶……
……

我就是在那裡畫圖、打電話、吃飯……
看電視、睡午覺、又哭又笑的……

甚麼嘛，這樣說來好像自己過得還挺輕鬆愉快的嘛……
我一天到晚都窩在那裡耶!!
啊哈哈～
覺得挺好笑的於是便笑出來了

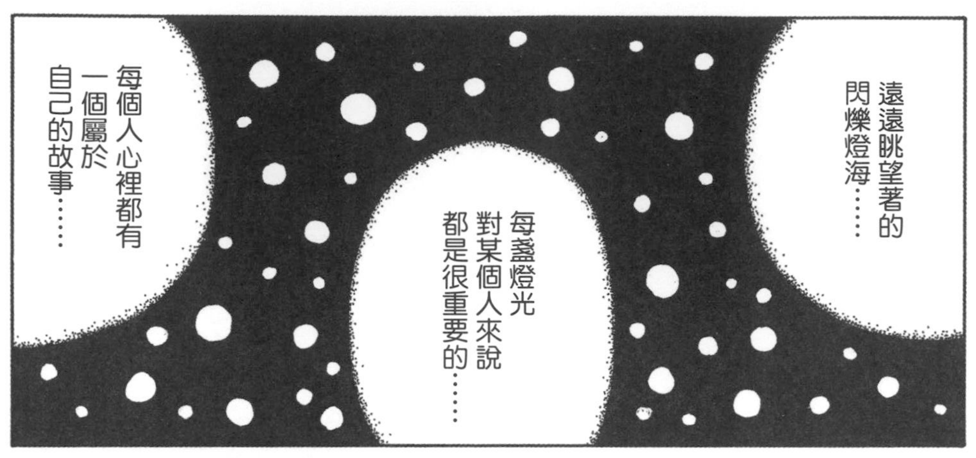
遠遠眺望著的
閃爍燈海……
每盞燈光
對某個人來說
都是很重要的……
每個人心裡都有
一個屬於
自己的故事……

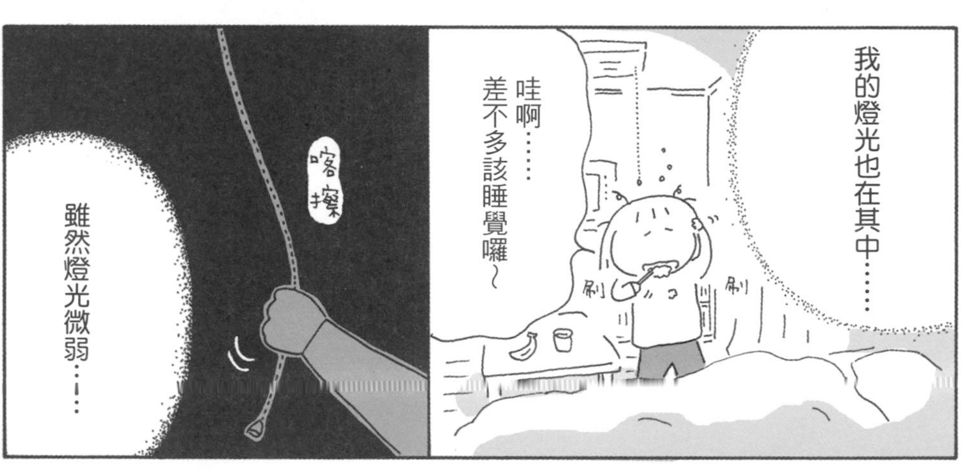
我的燈光也在其中……
哇啊……
差不多該睡覺囉～
刷
刷
喀擦
雖然燈光微弱……

但對現在的我來說，
這裡是我重要的容身之地……
呼嚕～
想著想著，
今天就這樣安穩的睡著了

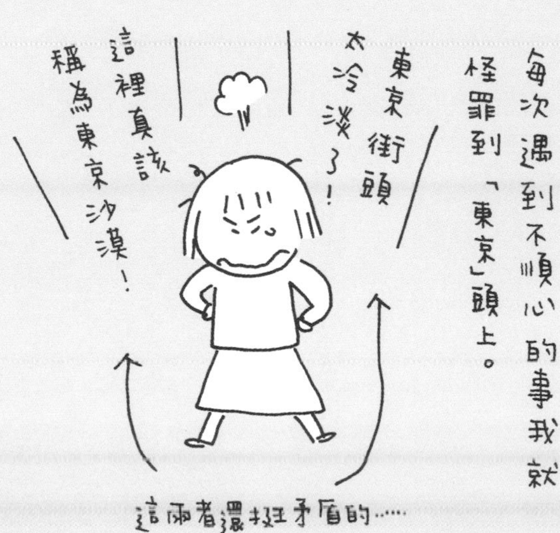
每次遇到不順心的事我就
怪罪到「東京」頭上。
東京街頭
太冷淡了！
這裡真該
稱為東京沙漠！
這兩者還挺矛盾的……

第12回
浴衣界的閃亮新星!!
～♫

某天正當我一如往常翻著打工雜誌時
咦？
看見一個奇怪的打工機會
from B
實習設計師
兼事務員 招募中
★浴衣設計公司每周上班3～4天的兼差工作。
★期待有創新才華的人一起加入
創造力十足的工作機會！
應徵資格
20～30歲
沒有經驗者
設計圖
中森和服
研究所
5-4-605
8644
ㄟ～
浴衣設計啊～

也有這種打工機會唷……
甚麼!?沒有經驗的人也行!?
司機 招聘
from B
幹勁十足
應徵時要帶著浴衣設計圖去……
……
盯
於是有興趣的我……
司機 招聘
from B
幹勁

生平第一次畫了服裝設計圖
唔～嗯……
服裝設計圖
要怎麼畫啊？
時～尚
想像圖
既然要有設計感，
是不是畫點怪模樣的
浴衣比較好咧？
？
？
？

畫好囉～
呼～
畫好浴衣設計圖的我……
心想既然畫了，就算不行
也無所謂，就這樣跑去應徵了
就當學一點
社會經驗吧……

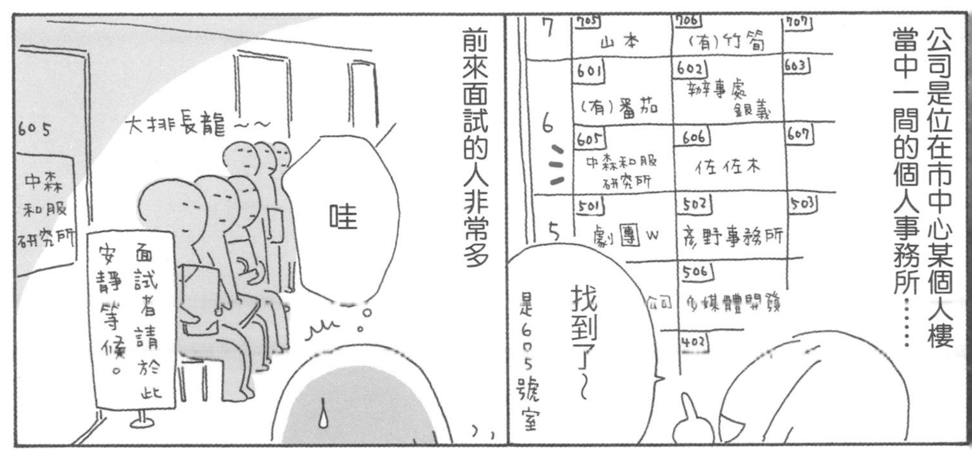
公司是位在市中心某個人樓
當中一間的個人事務所……
7
705
山本
706
(有)竹筍
707
6
601
(有)番茄
602
辦事處
銀義
603
605
中森和服
研究所
606
佐佐木
607
5
501
劇團W
502
彥野事務所
503
506
公司
多媒體開發
403
找到了～
是605號室
前來面試的人非常多
大排長龍～～
605
中森
和服
研究所
面試者請於此
安靜等候。
哇

好……好像
只有我是隨隨便便
就跑來面試……
緊張
緊張
我該不會
搞錯場地了吧……
懷著忐忑的心情，我和排在前面的兩個男生一起進入會場接受面試……
接下來的
三位請進
緊張
不安
輪到
我了～

很感謝各位
今天前來面試，
我是老闆中森
可以請各位把
設計作品給我看看嗎
緊張
緊張
那麼請先
看我的……
我這次是以
成人女性為對象
來設計浴衣
緊張
緊張

顏色是
高雅的紫色……
沉穩的
紫色
搭配牽牛花圖案
大朵的
牽牛花圖案
更顯大膽
同色系
提包
嗯……喔～
畫得不錯，
但設計
滿普通的嘛……
毒舌～
好，
我了解了
下一位～

我……我是以朝氣十足的女孩為設計對象……
有精神的辮子
設計重點是可愛又方便行動
浴衣搭配靴子
像裙子般開衩
摩登的街頭造型浴衣
……
……
……嗯，我了解了

簡直是活在漫畫世界裡呀……
啊，是!!
好，下一位～
我……我的設計是採用薄的布料來製作浴衣
緊張
緊張
由白色與染色兩塊布料結合而成

雖然沒有圖案，但上面的白色布料有打洞……
兩塊布重疊
與底下露出的布料剛好形成類似圖案的設計
打洞
上面的布料較短
半透明
還有，腰帶是以小孩子也能使用的布料製作……
……
除了能呈現出蓬鬆感，穿在身上也很舒服～
緊張
緊張

面試就這樣結束了……
噹
噹
噹
噹
噹
呼~這面試比我想像的還正式呢……
效率也很高，真是令人印象深刻的一次面試啊……
我是做了甚麼啊……！

面試三天後……
RRR
咦？
這裡是中森和服研究所，請問是高木直子小姐嗎……
啊，我是
緊張
您好，感謝您前幾天前來面試
難道是「很遺憾無緣錄用您」的來電？

這次的面試結果……
我們決定錄取一位……
喔……
就是高木小姐
甚麼—
難道這就是所謂的通過面試!?

這次面試中
我們看了許多作品，
其中我們覺得最優秀的
就是高木小姐的設計
慌張⋯
唉呀呀⋯
我們希望您
從下禮拜開始來上班，
一切就拜託您了
再見嘍擦★
哇～
怎麼辦⋯⋯
沒想到
竟然被錄取了～
嘟～
嘟～
嘟～

不過，能從一堆人
當中脫穎而出⋯⋯
大排長龍
感覺也挺不賴的⋯⋯
錄取
閃亮
努力
果然是
有回報的!!
緊握⋯
⋯⋯這就是當時的心情

於是我馬上到附近的大賣場去⋯⋯
PAO
7F 法國特展
5F 玩具天堂
2F 女鞋 SALE
自行研究浴衣
歡迎光臨～
和服&
浴衣店 和
日本的傳統之美
嗯嗯

回家後開始練習畫設計圖……
畫
畫
浴衣這種東西呀~
有各種不同設計
也是挺不錯的吧？
呼
呼
年輕女孩
也能穿帶點休閒感的
設計~
呼

為了不太會綁腰帶的人
而設計的皮帶式腰帶……
以牛仔布料製作
寬腰帶
高跟涼鞋
有許多荷葉邊的羅莉塔風格
可愛浴衣也滿不錯的……
小熊
陽傘
很多荷葉邊

對了，
加了毛邊適合秋冬
穿著的浴衣如何咧？
RRR
呼
呼
正當我一古腦兒
沉浸在設計當中時，
浴衣設計公司又打電話來了……
不好意思，
原本請您下禮拜來上班，
但剛好遇到一些事……
喔……
是否可以請您改於
下下星期再來公司呢~

為了生活費著想，原本是希望越早開始打工越好……
……
喀擦
不過相對我的練習時間又加長囉!?
和服＆浴衣店 和
歡迎光臨～
啦啦啦……
又來店裡刺探……
讓自己保持正面思考，繼續著自我練習……

雖然我自己沒發現，但說不定我還滿有設計天份呢……
請問您需要甚麼樣的東西呢～
盯～
新作品
不……說不定就是要像我這種一無所知的菜鳥才能創造出全新的設計……
這邊的圖案賣得非常好唷～～
呵呵……

也許我不是為了成為插畫家
而是為了成為浴衣設計師而來到東京呢!!
浴衣界的設計新秀
說不定……
唔哈哈哈……
小……小姐您還好吧？
數天後，我收到一封來自和服設計公司的來信
啪啦～～
中森和服研究所

高木小姐
很抱歉突兀地寫來這封信。前幾天曾與您連絡過關於您被錄取的事宜，在此要先向您致歉，因為敝公司的緣故，無法請您前來公司上班。對於這樣的結果敝公司深感遺憾，並誠心祝福高木小姐今後鴻圖大展，前途無量。
中森
甚麼……
信封裡除了這封信
還夾著一張可能是
道歉用的5千日圓鈔票……

因為事出突然，
我還搞不清楚到底
發生了什麼事，只知道
這下子打工機會又沒了……
……
抖
抖
我枯等了將近兩星期，
換得的卻是五千日圓鈔票一張……
哇嗚～
甚麼跟甚麼嘛!!
不錄用的話
就早講啊!!
翻
丟
打工
打工

我的浴衣設計師大夢
就這樣消失破滅……
與其哭哭
啼啼不如快
點找工作～
唉……不過這樣也好啦……
from B
我來東京
果然還是為了
當個插畫家啊!!
這個想法
又再度堅定了起來
拚～～

肚子容易著涼的人
試試這款浴衣
如何啊？
連刨冰也可以
放心大口吃唷！
肚兜

第 13 回
21世紀的我

老家經常打電話到我這裡來
RRR
喔
from B
我愛打工
STAFF
coconut sable
啊，是老爸呀……
嗯，我很好～
沒甚麼麻煩事啊～

錢哪……還夠用啦～
嗯……嗯，有在打工啊……
騙人
……那插畫家的部分進行得怎樣啦？
驚
啊……這個嘛……

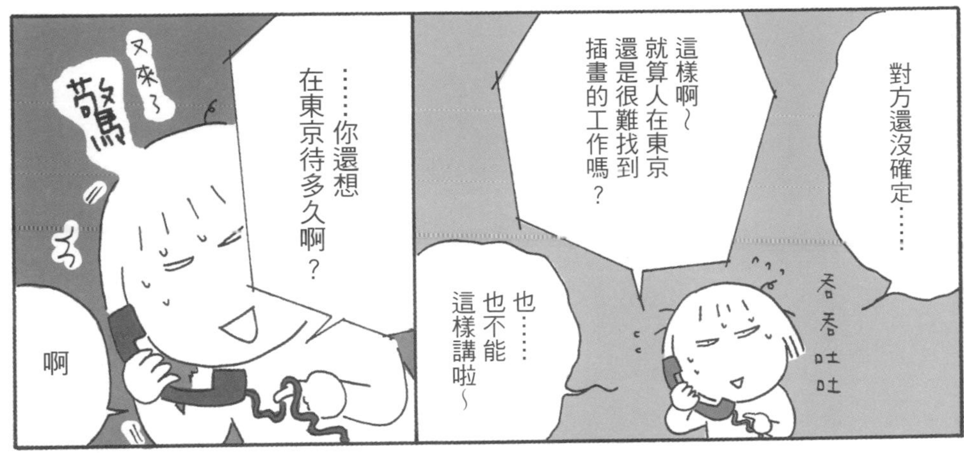
對方還沒確定……
吞吞吐吐
這樣啊～
就算人在東京
還是很難找到
插畫的工作嗎？
也……
也不能
這樣講啦～
……你還想
在東京待多久啊？
又來了
驚
啊

畫圖的話，
在家裡也能畫吧？
這……這個～
是不是回家
比較好呢？
我～
可……可是

我……我才剛來東京，
哪知道那麼多啊!!
說甚麼
哪知道
～
我很忙耶，
要掛電話了～
呼～
喀擦
……每次對話內容大概都是這樣

老爸～老媽～
我在東京找到插畫工作了～
是女兒耶～
目前想要說出這樣的話讓父母安心實在有困難……
現在哪有空理畫圖的事，我得看打工雜誌呢……
得快點找到打工……
from B

可……可是不畫圖的話～
瞄
後天要去插畫學校上課……
from B
哇～～沒錢～沒時間～甚麼都沒有～～
就這樣一邊發牢騷之間……

終於到了插畫學校上課的日子……
這次我還是只畫了兩張新圖
唔～嗯……
這次的作品更雜亂了呢～
僵～

至於每次都交一堆圖的N同學……
喔~
哇~
一字排開
今天又是交了好幾張圖
顏色用得不錯哦~
N同學好像有很多時間可以畫圖呢……
真好~可能是因為住在家裡吧~~

於是今天的課程結束了……
嘩 嘩
下次見~
今……今天有點事~
是喔~
那下次吧~
TEA
目前的經濟狀況負擔不起喝茶的錢，只好推掉聚會了……
唉~
車站
蹣
跚

在車站的月台上遇見了N同學
啊
啊
您家是在這個方向嗎？
嗯~我要在澀谷換東橫線~
喀答
那我們可以一起搭一小段路~
轟隆

你很厲害耶～每次都能交很多作品
轟隆……
喀答……
呵呵～是喔～
但其實我只是把想到的東西一個接一個畫出來而已啦～
您是跟家人住在一起嗎？
不是～我一個人住～
老家在九州
咦

那……那麼平常一邊工作還能畫這麼多圖唷？
不，其實我在老家是個普通的上班族，工作了十年以上，只是突然很想畫圖，於是辭掉工作到東京來～
而且，身邊的存款還夠應付一陣子的生活，便想趁現在做點甚麼～～
雖然我的繪畫生涯比人家起步晚……
但是在存款耗盡之前，很想不顧一切地畫圖～

哇～
喀答……
真了不起～
沒有啦～
轟隆……
總覺得……
真是發人深省的一番話呀……
……

呵呵……
我不但馬上就花光了積蓄，
還被打工逼得團團轉……
用打工很忙當藉口，
圖也是隨便畫敷衍了事……
跟N同學比起來，
我做的所有事情……
全都是
半吊子啊……

還說人家是因為
住在家裡有錢有閒的……
偷偷在心裡
說人家的閒話……
想想自己
住在老家的時候
也沒這麼認真畫圖吧？

我這個人啊……
只要能躺著就不站著……
吃飯囉～
啊哈哈～
一片空白
邋遢
零食
懶懶散散～
個性散漫
凡事得過且過……

也許我就是那種
一定要被逼到絕境……
有困難的話……
反正船到橋頭自然直囉
嗚～真的有困難了！
才會認真做事的那種人吧
沒錯!!
現在我最需要的不是安穩而是進取心!!

一定要有現在不努力將來慘兮兮的危機意識!!
前進
不快點
做點甚麼的話～
嘻嘻嘻……
拉
夢想破滅的深淵
我的直子～
直子～
父母也淚流滿面……

對……對了，還要給自己期限……兩年？
不，好像有點短……
……3年？
好!!現在是1998年…3年後就是2001年!!
到21世紀一定要有點成就!!

我的30分媽媽

高木直子

目　次

登場人物

媽媽

爸爸

小希
（姊姊）

小玉
（我）

貓吉
（媽媽手縫的玩偶）

小玉和小希
是一對年紀還小的姊妹，
姊妹倆的媽媽
很喜歡吃甜食和睡午覺，
至於料理和打掃
就不是那麼拿手囉……
在公司的業績表現也是
馬馬虎虎……

即使是這樣一個媽媽，
小玉和小希還是
最愛最愛她

今天，姊妹倆照例
在家裡開心地玩耍，
一邊等著媽媽下班回家

故事要開始囉～

我的媽媽 

這就是我媽媽

媽媽

不拘小節，

我行我素的個性

姊姊

我

小希 4歲

小玉 2歲

今天天氣還不錯，
媽媽趁這個機會一口氣將成堆的衣服
通通洗乾淨了
呵呵
哈哈

從院子
可以看得見
爸爸上班地方的
煙囪

我想爸爸的工作
想必是做出很多雲吧……
終於晾好了……
呼～
呵呵

媽媽～
念這個故事
給我聽～♡
呼
吹
百合公主
媽咪
念這個…
念這個啦～
很久
很久以前，
有一個地方……
百合公主
小熊貓
飛奔
飛奔
哼

我和姊姊經常這樣
一個一個來，
別爭囉！
喝
哼～
誰也不肯讓誰

媽媽的興趣是做裁縫……
……
縫
縫
縫
盯～
……
手工藝品店

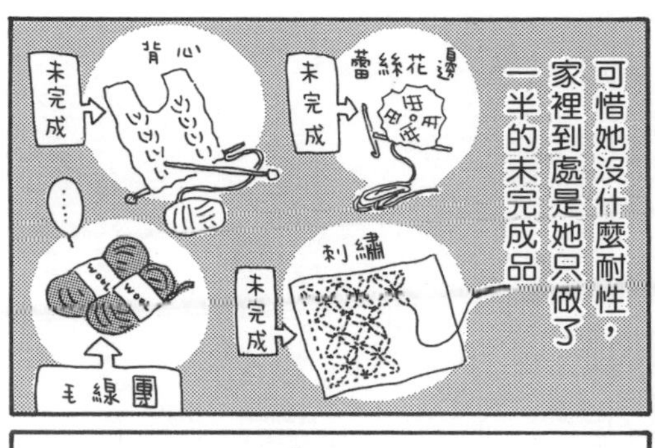
可惜她沒什麼耐性，家裡到處是她只做了一半的未完成品
未完成
背心
未完成
蕾絲花邊
……
未完成
刺繡
毛線團

媽媽最近的得意之作是這隻貓布偶…
眼睛是黑色的鈕釦
以粉紅色毛線織成的布偶
名字叫「貓吉」

聽說附近的婆婆媽媽們一起辦了一場縫製布偶大會…
好厲害，縫得真好哪～
好可愛唷～
我家貓吉脫穎而出贏得眾人讚賞，讓老媽非常有面子

但這隻貓的長相還滿古怪的…
……
並沒有得到太多寵愛…
倒栽蔥

呼～好累、好累唷～
手工藝品店
丟
躺
!!

媽媽一躺下來
睡午覺…
哇～♡
唔
躺
不知道為什麼
我也想跟著一起躺
姊姊也加入我們…
哇～♡
…
哎唷
撲

跟媽媽一起睡午覺
是全世界最幸福的事了…♡
唔…
呼～
呼～
麻～

嘎
嘎

因為媽媽
很喜歡花兒…
院子裡
種了好多花
啦啦
啦～♫

啦啦
啦～♪

家裡面雖然
不怎麼整潔……
電話本

我媽媽真的
很兩極化呢

卻裝飾了
很漂亮的花兒……

我回來了—
爸爸，
你回來了呀～
酒

這種日子
就這樣繼續下去
也是挺不錯的……
新聞
哇
哇
哇
噗—
翻倒
小心！

開始當起化妝品推銷員的媽媽
簡直變了個人似的

嘿咻

我和姊姊都有預感，
我們今後的生活也將
跟著起變化

咚

化妝品組

好……
好臭的捲髮哦……
哇～

第一次上托兒所

我和姊姊開始到媽媽上班的化妝品公司附設的托兒所上課⋯
好，出發～!!
叮叮
所以一大早我們三個人就一起出門去
啊⋯糟了!!
我忘記關窗戶!!
叮叮
不好意思，妳們等我一下哦～
咔嚓咔嚓
叮叮
!!
!!
叮⋯
倒下
咻
咔嚓
哇～
啊!!
哎呀

上班路程騎腳踏車大概10分鐘
對對……不起……
固定由我坐前面，姊姊坐後面

前座的視野雖好，但是…
咻

這家化妝品公司位在一間簡陋公寓的一樓…
Happy 化妝品
嘰嘰
我去去很快就回來
妳們要乖一點哦

這家公寓其中的一間房間被拿來充當托兒所
那就拜託您了
媽媽待會兒見哦~

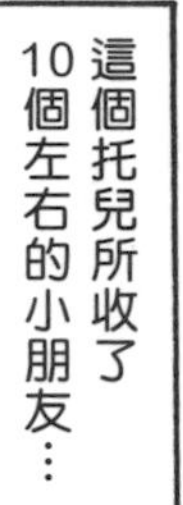

地方狹小又吵鬧
喝
啊
乖
唷
哇
嗚
哇
哇
呼
實在不是個好地方

托兒所裡的阿姨會做午餐給我們吃，可是……
今天我們吃炒飯唷

總是引不起我們的食慾……
……
……
……
……
嚼
嚼
嚼

小緞帶甚至說了一聲「我不想吃」之後就把自己關進儲藏櫃內
小緞帶，不吃飯不行哦—
……
乖唷，小緞帶，快出來吃飯吧
我不要～～!!
哼……
老是給托兒所的阿姨添麻煩

姊姊，我想尿尿……
啊……好……
抖
抖
抖

這裡的廁所是共用的
有著沉重的鐵門、裡面又黑又暗……
嘰……

看起來非常可怕……
怕怕……
唔……
姐姐……
所以我們幾乎都是在公寓的內院裡方便

這個內院裡
種了很多小白花……

拔
呼～
媽媽……

朝著小白花的中間吹氣，
就會發出聲音……
噗～……
這是媽媽教我們的

唉唉……
我媽媽
怎麼還不快來
接我呢……
翻

接近傍晚時，
媽媽們陸續來
接走自己的孩子
小雅～
媽咪～
咔啦
明天見囉～

喀啦
小希、小玉
有♡
有♡

讓妳們久等了—
妳們今天有乖乖聽話嗎？
媽媽—♡
哇
媽咪媽咪—
謝謝您的照顧—
不客氣—

哼……
好，我們回家吧—
明天見囉〜〜
小斧、小玉
嘿嘿♡

回家路上照樣是三人共乘一台腳踏車
妳們中午吃了什麼呀？
炒飯!!
炒飯!!

雖然不怎麼喜歡上托兒所
全部吃光光嗎？
只剩下一點點!!
有沒有睡午覺啊？
有!!
可是我卻好喜歡坐腳踏車—!!

第二天
很快又來了……
啾
啾
小玉！
動作快一點，
要出門了!!

不要
不要—
我不要
去啦～
哇～
啪
啪
妳再繼續胡鬧
我就不理妳了
唷!!

媽媽
要走了哦!!
聽到沒!?

我走囉，
再見!!
嗚～
嗚～……
叮
叮♪

今天我又抵擋不住
腳踏車的誘惑
還是去了那家
很不喜歡的托兒所
可惡！
哇♡
好快唷～♡
火速

怒目
相視

令人擔心的業績圖

我和姊姊照例
還是每天去那家托兒所報到

HAPPY
化妝品

謝謝
妳的照顧
人家
等好久哦
媽媽—
別客氣
理穗的媽媽
雖然化了大濃妝，
但卻非常漂亮

媽媽今天好像
比較晚呢—
我們去辦公室
等她好了

平常理穗的媽媽
都很晚才來接她
但今天卻是
我媽媽來得
最慢
發～呆
……
……

HAPPY
化妝品
一直等到托兒所要關門了
媽媽還沒來，
我們就會被帶到辦公室
去繼續等

哦，
是小玉和小希啊
妳們再等一下下，
媽媽很快就來囉—

妳們兩個
要喝咖啡嗎？
剪刀
石頭
布
COFF
EE

這兩個小孩
就麻煩妳們了
辦公室裡的人
妝化得比理穗的媽媽還濃…
…

…？
嗯…
我要喝—
老實說，
我和姊姊
都沒喝過咖啡

來，
小心燙哦—
已經加了
奶精和糖
唷～
耶～
哇～

簡直就像在
爸爸抽菸用的菸灰缸裡
吸～
倒進熱水
熱呼呼
然後再用
濾茶器過濾
出來似的…

第一次看到咖啡這種顏色
味道都怪怪的飲料…
我嘗試著喝一小口，
結果…
緊張
緊張

就是像這樣的味道
吐～
嘔
嘔
哎唷，
看來是
沒辦法喝
呀…
糟糕…

在這家化妝品公司的
辦公室裡…
對不起
唷～

這個月的業績
井上
花山
石田
林下
谷
岡田
馬木
彥野
牆上貼了一張
好大的長條圖表
吃點糖果吧—
謝謝～

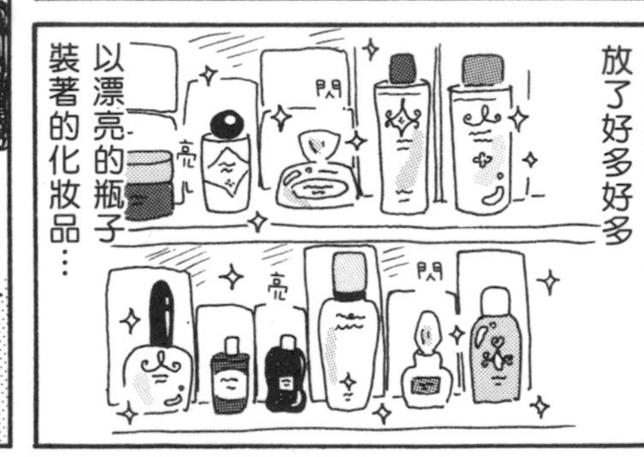
放了好多好多
以漂亮的瓶子
裝著的化妝品…
閃
亮
閃
亮

這是什麼東西啊？
這個啊—是記錄哪個人賣了多少化妝品的業績表—

這個月的第一名是理穗的媽媽
井上小姐……
理…理穗？
呵呵呵
那我媽媽呢？
花山
井上

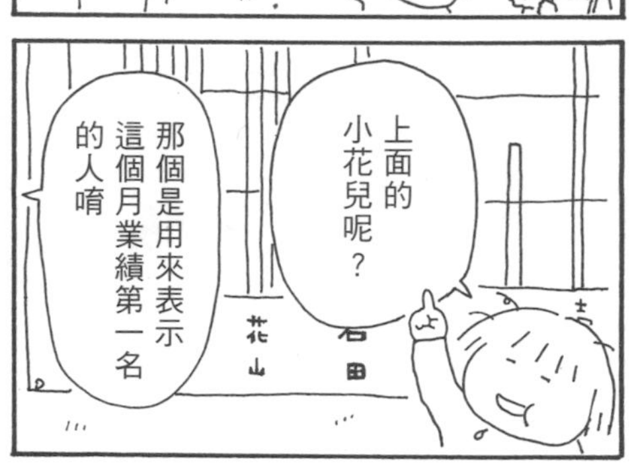
上面的小花兒呢？
那個是用來表示這個月業績第一名的人唷
花山
石田

妳的媽咪在……這裡
谷川小姐……
短短一截
!!
谷川

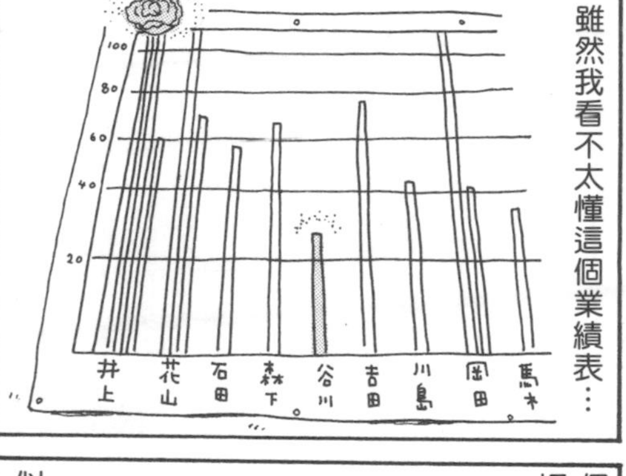
雖然我看不太懂這個業績表……
100
80
60
40
20
井上
花山
石田
森下
谷川
吉田
川島
岡田

對不起我來晚了—
沉默
唔……

但我還是多多少少了解媽媽的業績……
似乎不太妙……
30分

小希!!小玉!!
讓妳們久等了~!!
呼~呵~

媽媽～媽媽～
嗯？什麼事？

妳化妝品賣得不太好唷？
咦!? 妳怎麼知道!?

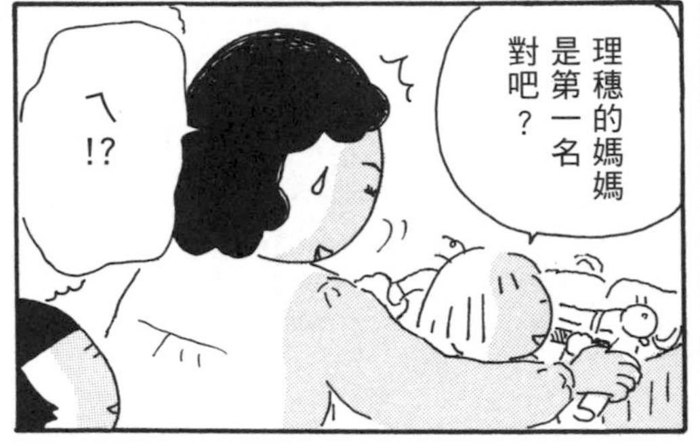

理穗的媽媽是第一名對吧？
ㄟ!?

那是因為理穗的媽媽做這行已經很久了…
而媽媽才剛剛開始的關係…

媽媽今天化妝品賣得不錯哦…
喔～

所以媽媽很快也會變成第一名囉？
啊？這個…嗯，總有一天吧

之後我和姊姊
依舊每天去上托兒所…
請阿姨多照顧了
兩位小朋友早安—
阿姨早～

還是經常和理穗吵架…
夠夠～
哼～
踢
喝

偶爾會去媽媽的辦公室等她下班…
嗨～♡
妳們好啊～♡
……
……

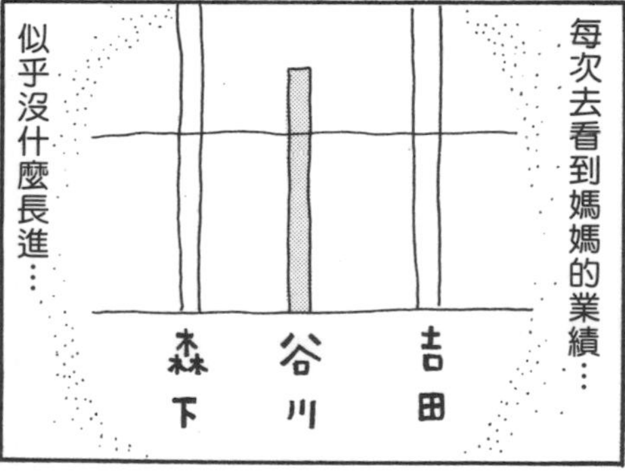
每次去看到媽媽的業績…
似乎沒什麼長進…
森下
谷川
吉田

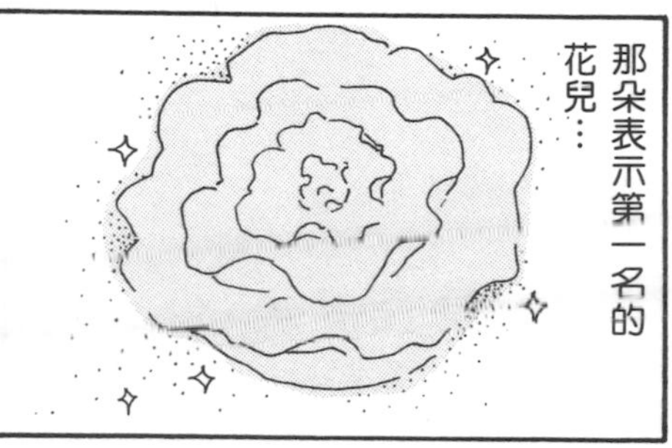
那朵表示第一名的花兒…

還是繼續盛開
在理穗媽媽的名字上…
這個月的業績
唉～
…
妳們兩個要不要喝點蘋果汁？
APPLE

呼~
第一名

在一個風和日麗的星期天午後…

從廚房隱隱約約飄來一陣香味

故事集

好朋友

SONY

每次媽媽在炒洋蔥時，

家裡就會飄蕩著一股香噴噴的味道…

終於做好囉——
可以吃午飯了~♡

媽媽做的番茄炒飯裡沒有火腿或香腸，而是加了好多小魚乾
開動囉——
嗯，多吃一點唷——
還有味噌湯和醃蘿蔔

今天的午餐是媽媽的招牌番茄炒飯
哇~♡
啪
啪

番茄醬和小魚乾……
乍看之下好像不怎麼搭配……

歌唱大賽
媽咪——好好吃喔——
好吃好吃~
看看妳，掉得滿桌都是飯粒
飯粒啊！

但其實根本是絕配
我和姊姊都好喜歡這個炒飯
嚼 嚼 嚼 嚼 嚼

另外還有令人更期待的
就是這個
媽媽的最愛——
能產生許多鍋巴的飯鍋

哇—
我挖到一個
這麼大塊的
鍋巴耶—
討厭~
哇哈哈
唉~
吵死了……

這個鍋子煮出來的
鍋巴非常好吃，
每次我都和姊姊搶著吃光光
咔啦
咔啦
咔啦
咔啦
咔啦
咔啦

好飽—
好飽
嗝……

星期天
媽媽最愛的娛樂活動就是挑戰
報紙假日版上的填字遊戲
兼職
打工
超市
特價
さ……
澤田研二的
暱稱是……
……
KUMA

呼—
好累唷~
砰
砰

呵呵…
一切都不在乎了的態度……
答案是「盲暴盲棄」……
爬爬～～

呵呵…
苦思
要打
要掛
還是要接？

最近連不必上班的日子
啊～
答案是「電話」吧～
媽媽也都會化一點淡妝
蹭蹭

剛才的炒洋蔥味道
還有番茄醬的味道
都還留在衣服上…
嗅嗅嗅

啊—
我真的好喜歡這個味道啊…
嗅嗅嗅

妳很重耶—
哼……
啊？睡著了嗎？
滑～

小希、小玉
想不想坐腳踏車啊？

爸爸不上班的日子常會騎腳踏車載著我們出門
妳們看，那個就是爸爸工作的地方唷～
叮叮

衝 衝
要～♡
我也要我也要～♡

咔答 咔答
看，電車來了唷
哇 哇

媽媽─我們回來了─
還買了冰淇淋唷
邁步跑

我要加速囉!!
哇哈～

呼 呼
啊…
媽咪……
睡著了…

到了晚上…
今天的晚餐是馬鈴薯沙拉
又到了做飯時間…
真麻煩耶…

不過即使是做馬鈴薯沙拉
馬鈴薯
紅蘿蔔
通心麵
總是煮太久而糊掉
雞蛋
媽媽還是會像這樣把食材一個個分開來煮，所以要花好多時間
還有火腿和小黃瓜
洋蔥也要切碎
切
切

媽媽不太懂得一些訣竅
擦
擦
擦
所以打掃時非常拚命

因為太拚命了…
搓
搓
搓
怎麼搓不掉……

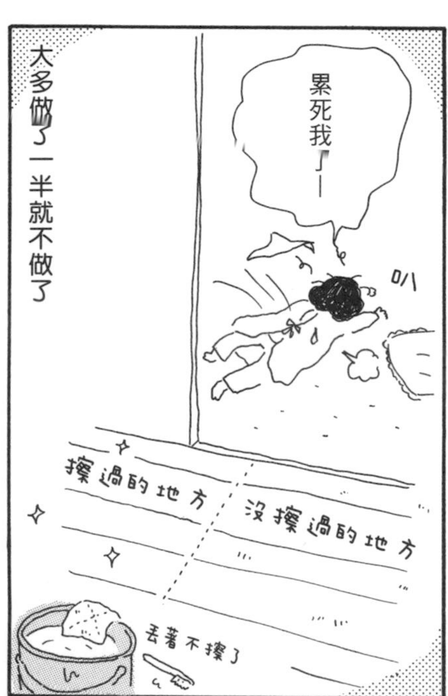
累死我了—
叭
大多做了一半就不做了
沒擦過的地方
擦過的地方
丟著不擦了

老爸的娛樂則是晚上小酌一番
咕嚕
咕嚕
勝雄
小希幫忙
開瓶蓋
咔嚓
魷魚絲

哇嗚～
小玉也要幫忙啦～
？
嘿嘿嘿

哇嗚～
哇嗚～
別哭別哭，也給妳幫忙一次
小玉也來開開看吧
叩
叩
叩

乒……
嗚嗚嗚……

媽媽辛辛苦苦做好的
主菜
哇～
哇～
滿滿一～盆
唯一一道菜
馬鈴薯沙拉…
直接裝在大盆子裡
醃蘿蔔

哇
哈
噗
哦，有個小氣泡耶
可以開飯囉——
終於……

料多實在
好好吃喔～
嚼
嚼
好吃極了
掉
掉
掉
夾
好吃

雖然沒做什麼事，
但星期天總是這樣開開心心地
很快就過去了…

呼哈—
呼哈—
呼嚕—
呼嚕—

晚安

等明早睡醒之後，
又得繼續去那個托兒所了

新郎倌來得
正好啊
一直等著
看這個節目♡

耶誕夜

耶誕節就快到了……

閃亮亮

閃亮亮

閃亮亮

今年，我們家第一次裝飾了耶誕樹

哇~

哇

哇

MERRY X'MAS

妳們兩個
如果乖一點，
耶誕節的時候
聖誕老公公
就會送妳們
禮物唷～

不過我和姊姊
對於聖誕老公公可以說
完全一無所知
哇哈哈哈
哇嗚～

聖誕老公公？
呆～

就在耶誕節前夕…
咻～～

發生了一件大事
!!

平常怎麼哀求都不准買的蛋糕，
竟然出現在我們家，
而且還是一整個蛋糕！
哇啊啊……
呵～
merry X'mas
cake

媽…媽媽，這是蛋糕對吧？
興奮 興奮
對呀，是耶誕節蛋糕唷♡
看看♡
cake

哇～人家要吃蛋糕啦―
蛋～糕 蛋～糕 蛋～糕
踢 踢
丟
那…只能吃一點點喔…
唉～早知道就不給她們看……

哇―看起來好好吃唷♡
我要吃我要吃―♡
現在還不行，要等爸爸回來才可以吃唷

吃吧…
鬆～軟
哈～

哈～♡
咬咬 咬咬 咬咬 咬咬 咬咬
戳戳

不行！剩下的等晚上再吃!!
媽媽，我還想吃―
還要還要―
吵！
鬧！
merry X'mas
三味醂
酒

到了晚上……
媽媽開始做奶油燉菜
啦啦啦～♪

我們家的奶油燉菜
其實是買現成的
調味粉做的
○○牌奶油燉菜
※附帶一提，咖哩塊也是買這一牌的

只是我老媽並不知道
調味粉是要一點一點
慢慢加進去
一口氣全倒進去
咕嚕
咕嚕咕嚕

哎唷……
怎麼又
結塊了啦……
每次都這樣—
咕嚕
咕嚕
真是奇怪～

我們家的奶油燉菜
都是直接淋在飯上
像咖哩飯一樣的吃法
奶油燉菜飯
結塊

哇—
是奶油
燉菜耶—
小心燙喔～
耶耶
奶油燉菜—♡
奶油燉菜—♡
醃黃蘿蔔

吃完奶油燉菜之後，
接著就是期待已久的
剩餘蛋糕
來吃蛋糕吧～
哇～
哈～

呵呵呵呵……
咦……已經吃掉一些了嗎……

好好吃～
好吃～
好吃～
真好吃～
可爾必思
愛吃蛋糕
啊～
真希望每天都能
吃到蛋糕啊……

滿足
滿足～
好啦，
妳們兩個快去刷牙
準備睡覺囉

吃了好吃的東西，
覺得好幸福好幸福唷……
我和姊姊
很快就進入夢鄉了
呼
哈
呼

隔天早上…
啾…
啾…

呵呵呵…
那是～
聖誕老公公
送給妳們的禮物
唷～♡
ㄟ？
牛奶糖
牛奶糖

我和姊姊的枕頭旁
這是什麼
啊～？
咦～？
不知道為什麼竟然有盒牛奶糖…

我和姊姊
……
其實
搞不太清楚狀況…

哇～
牛奶糖
牛奶糖—
真棒
真棒—
但無論如何，
拿到牛奶糖
還是很令人開心的
太好了
妳們兩個～
獲得了
很棒的禮物唷～♡
對吧♡

給媽媽一顆
牛奶糖嘛～♡
嚼嚼嚼
嚼嚼嚼
嚼嚼嚼

30分媽媽 大家來找碴

下面的圖中有七個相異處唷，你也來找找看吧！

北風強勁的寒冬⋯

唔⋯今天好冷喔～!!

是一個騎腳踏車出門特別痛苦的季節

哇

搖晃

咻⋯⋯

HAPPY
化妝品
呼～到了到了～♡

這個孩子怎麼一天到晚流鼻涕啊…
……
?
轉過來這邊～
滿臉鼻涕～～

好，下來吧…
!!

在托兒所的日子一如往昔…
今天還是要麻煩阿姨多照顧了
您慢走—
快點來接我們唷～
媽咪再見～

在這個小小的房間裡和大家一起看電視、玩玩具…
開始演了～♡
哇哇
甜心寶貝♡
哇
砰
衝啊

甜心熱線
哈哈哈
啊哈哈
哈哈

甜心迴旋標
咻……
啊哈哈
哇哈哈哈…
咔咑
咔咑

下次還要收看唷♪
待續
哈哈
咻……
咔咑
咔咑
……
衝啊
喝啊
在這麼冷的天氣，
媽媽還是繼續騎著腳踏車吧…

當時的媽媽…
討厭…
今天的風
怎麼這麼大啦
沒辦法做事啊！

先回家去好了…
好冷……

因為業務員的上下班時間很自由…
所以媽媽真的就這樣回家去了
咔咑
咔咑

喔～
好冷好冷～
電暖器
開

唉～
實在很懶得
再出門了耶……
我們分手吧
懶散

呼～
暖暖的
真舒服哪～♡

今天的午餐
是炒飯哦—
又是炒飯喔……
吃吧♡

午睡時間
到囉—
拍
拍

午餐就吃
烤吐司吧—
呵呵呵

呼嚕
信二～

到了下午三點…

大家來吃點心吧—

今天的點心是餅乾♡

沙沙

托兒所會準備五顏六色的點心，但我和姊姊其實並不喜歡這些零食

五顏六色的玉米餅

又白又甜的餡

五顏六色的果凍

草莓

哈密瓜

切開後吃

彩色軟糖

五顏六色撒了砂糖的餅乾

好難吃…

我比較喜歡蝦味先…

我不吃那種東西

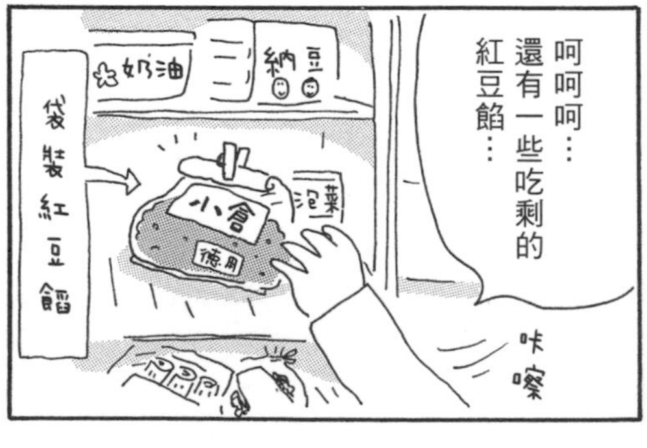

於是四點左右…
小希、小玉
喔，今天辛苦了～
啊，是媽咪耶!!
哇—♡
洗

啊！谷川小姐，今天賣得如何啊？
ㄜ…馬馬虎虎啦…
是喔，那明天要多加油囉
驚
我～先回去了

媽媽，好冷喔—
對呀，我們趕快回家吧!!
流鼻涕
咻……

啪叮
啪叮
就這樣，我和姊姊都不知道媽媽今天其實整天都待在家裡…

果然
還是墊底……
井上
木林
岡田
谷川
吉田

歡喜女兒節

今天是女兒節

我們家裡也擺飾了老爸為兩個女兒特地買的七層公主娃娃

姊姊打我的手～
嗚嗚
她好兇喔～
是喔～

那我給小玉看這個東西
獻寶
!!

雞……雞……雞……
雞腿～!!
呵呵呵……
我最喜歡、而且是偶爾家裡準備吃大餐時才會出現的雞腿……

只要妳們乖一點，今天晚上就烤雞腿給妳們吃－
雞腿……雞腿……
抖
抖
戳
戳
以叉子先戳小洞更容易烤熟

哇～有雞腿、雞腿耶～!!
雞腿～!!
翻滾
翻滾

下午的時候爸爸為了慶祝女兒節
趁著午休空檔特地從公司趕回家來

小希、
小玉

啊
爸爸
回來了~

安全

怎麼樣？

這些公主娃娃
很漂亮吧？

嗯

戳
戳
戳

興致♫
勃勃♪

妳們兩個
在娃娃前面站好，
我幫妳們拍照—♡

這些零食
給妳們兩個
分著吃吧－
小米果
開
耶
哇
喵
呵
呵
哈

以前，
媽媽也很想擁有
這些公主娃娃
呵
呵

但僅能在店裡面看看而已…
沒辦法買回家…
後藤娃娃店
公主娃娃
……
8歲時媽媽的

所以我們家裡能擺著公主娃娃
最開心的就是媽媽了
感動……
咔
咔
咔
咔
嚼
嚼
小米果

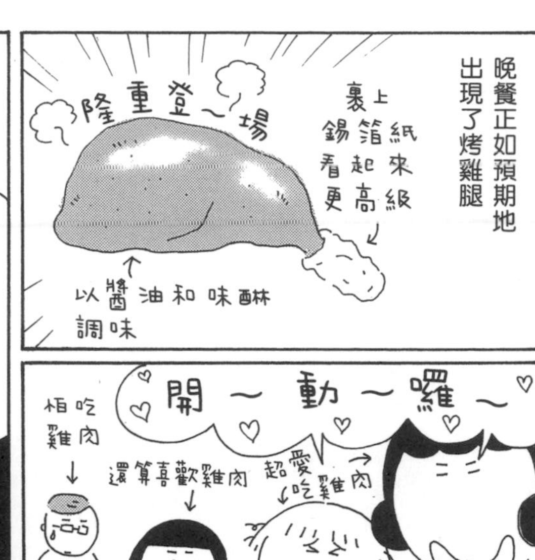
晚餐正如預期地出現了烤雞腿
上裹錫箔紙看起來更高級
隆重登～場
以醬油和味醂調味

……
啃
啃
啃
啃
小希不吃了嗎？
還剩下一點肉耶～
嗯，我不吃了—

太可惜了吧—
好！媽媽幫妳吃完吧
媽咪—
小玉整個吃光光哦—
哇，真棒—

可是小玉知道嗎？
雞骨頭裡的東西也能吃哦—
折斷

像這樣
用牙齒咬開—

啪
喀

唔唔…

小玉
年紀還小，
牙齒太脆弱
咬不開啦—

給我吧

雞骨頭裡的東西
也很好吃哦—

啪
啪
咬

哇—
小玉也要吃!!

啪
喀

爸爸心…

期望自己的女兒
長大後
能充滿女人味…

……

啊呵呵……

給你……

啪啦

啪啦

但我倒是
希望自己能早日變成
像能自己咬斷雞骨頭
的媽媽一樣…的大人

真的
很好吃耶—♡

啪啦
啪啦
啪啦
啪啦
啪啦
啪喀
啪喀

超大
哇～♥
呵呵呵……

寢食難忘的洋娃娃 

我們去鄰居真奈家玩，他們家有好多可愛而且還能變裝的洋娃娃

這個洋娃娃是前幾天才買的唷～

我和姊姊都好羨慕哦

想玩娃娃的話，我們家不是已經有公主娃娃了嗎
雖然已經都收起來了……
不一樣啦—人家想要那種隨時可以拿出來玩的洋娃娃～
嗯嗯

什麼嘛～？
僵—

那就玩這個吧
出場
貓吉♡

我不要那種東西，我要洋娃娃啦～!!
跺腳
跺腳
跺腳
是洋娃娃啦，洋娃娃—
媽媽自己做的
哇
哇
是喔？
氣
不准買!!就算買了，妳們也不會愛惜的!!
我們家不需要那種可以換衣服的洋娃娃!!
想玩的話就去跟真奈借來玩好了～
好了～我要去澆花了～♪
喀啦
哇嗚～媽媽最小氣了～!!
小氣鬼～
小氣鬼～

別再吵了啦!!
媽媽我會愛惜的啦~

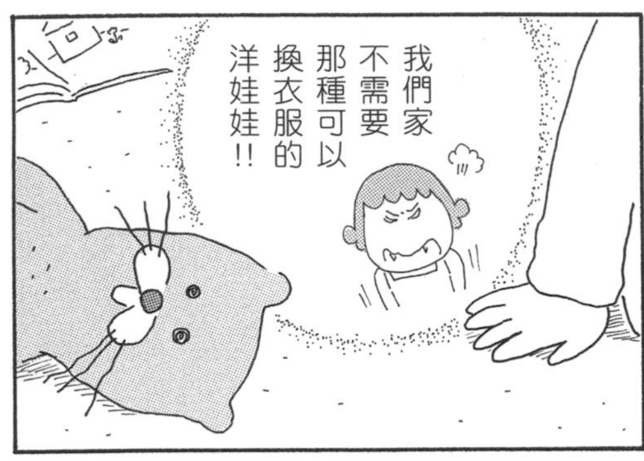
我們家不需要那種可以換衣服的洋娃娃!!

我說不行就是不行!!
嗚……
嗯嗚~
媽咪小氣鬼…

……

咻
咻

當夜…

哎呀？怎麼會這樣？
這是怎麼回事啊!?

妳們兩個太過分囉!!
怎麼把貓吉的尾巴
燒成這樣!!
爺爺
驚

不是小希做的哦~
へ~

可能是放在
暖爐旁邊
不小心燒焦的吧?
什麼~!?

也…
也不是
小玉弄的哦~
緊張
緊張
摸摸頭
緊張
緊張
哈哈哈……
電視機

如果是那樣的話,
應該不會是
這種燒焦法吧?
就只燒焦尾端~?

偷瞄……

……

咔啦 咔啦

咔啦 咔啦

咔啦 咔啦

咔啦

咔啦 咔啦

媽咪對不起啦……

嗚……

嗚……貓吉對不起……

喵嗚～

春天來了

從這個春天起

穿上這個吧～

姊姊就要開始上幼稚園了

可愛的娃娃車裡
載了好多小朋友
噗嚕嚕……
哇
媽媽
我去上學囉
熊寶寶
幼稚園
姊姊看起來好像很開心……
要做個好孩子喔……
慢走啊~

幼稚園究竟是個什麼樣的地方啊？
好了，我們回家吧~
噗嚕嚕……
再見~

至於我還是照例到托兒所報到……
化好妝
後面的椅子比較大
妳就坐後座吧
之前是姊姊的專用座位

和以前不一樣
沒有了姊姊只剩兩個人的腳踏車之行……
嘿咻
嘿咻

這種一個人獨佔媽媽的心情
嘿嘿……
讓我覺得滿得意的……

雖然姊姊沒來，
托兒所還是一如往常⋯
午餐吃炒飯唷
啊哈哈
嘻
啊呵
嘿

比較麻煩的是
想上廁所的時候⋯
一個人會害怕，不敢上廁所
扭 扭
之前都是和姊姊一起去

理穗
扭 扭

⋯理穗
要不要一起去上廁所？
扭
扭
扭

⋯⋯
也行⋯

覺得和理穗之間
我們去院子上吧
好啊
抖
似乎交情有變得好一些些⋯

下午三點半左右媽媽來接我⋯
小玉—
媽咪—媽咪—
跑 跑

回家路上照樣只有我獨佔著媽媽♡
媽媽～
什麼事啊？

我想玩那個～
綠色藥局
腰痛
石碱
投幣20日圓就會動的玩具車
香港腳

嗯～好吧⋯
但要對姊姊保密喔
萬一鬧起脾氣就糟囉⋯⋯

這是我和媽媽兩人之間的
祕・密耶⋯♡
呵哈♡♡
20円
咔咚
咔咚

心跳不已
保⋯
保密⋯!!

姊姊在幼稚園裡似乎學了不少東西
我學會了這首歌喔~
老師早、同學早
啦啦啦啦~
還搭配了舞蹈動作

還有這是我今天用彩色筆畫的圖—
老師說我畫得很棒呢~
……
哦，好厲害~
小玉今天哦~拜託媽媽讓我坐了小兔子唷~
呵呵呵…
小…小…玉!!
滔滔不絕

…乀~
是喔…
不錯嘛

咦~?奇怪~?
以為會變這樣
為什麼只有小玉~!!
還有啊~園遊會我們班要表演猴蟹大戰的故事，我被分配到演栗子唷~
哇~很棒耶~
栗子……栗子……

啊…咦…?
唔嗯……
呼…

第二天，姊姊又去了幼稚園…
噗嚕嚕……
我去上學囉
媽媽
哇
慢走喔～

哎呀…快遲到了!!
小玉快一點!!
我則是去了托兒所…
跑
跑
甩
丟

能夠獨佔媽媽雖然開心…
衝啊—
抓緊……
咔咑
咔咑

但我也想去上上看幼稚園…
這個想法漸漸在我心中發芽
咔咑
咔咑
咔咑
咔咑

啊
奇怪的帽子♡

垂頭喪氣的媽媽 

媽媽年輕的時候…

15歲時的媽媽

縣立家政高校

開學典禮

高中念的是家政學校

畢業製作的套裝…
如何做套裝
完蛋了——我做不出來啦~!!
哇嗚~
好啦好啦，我來幫妳做吧
亂七八糟
也是好心的同學幫忙完成的…

在大家的幫忙下才得以順利畢業
咔嚓
畢業典禮

但媽媽卻自稱「喜愛縫紉」
無所事事
偶~爾才會打一點的毛線
紅豆夾心餅

媽媽，我們幼稚園說要做這個—
什麼？
啪

給家長的話
今年的校慶園遊會我們準備展出手指娃娃。小朋友們會負責做好娃娃頭，至於娃娃的衣服就要麻煩家長幫忙製作了。
以紙黏土製作。
手指娃娃會以套在牛奶瓶上的方式展出，因此娃娃服的大小請以此為準。
請以家裡現成的布料製作即可。
MILK
敬請於下週五之前完成，謝謝您的協助。

我知道了，下禮拜五前做好就行了對吧
嗯
手指娃娃的衣服啊…
嚼 嚼 嚼 嚼
……
紅豆夾心餅

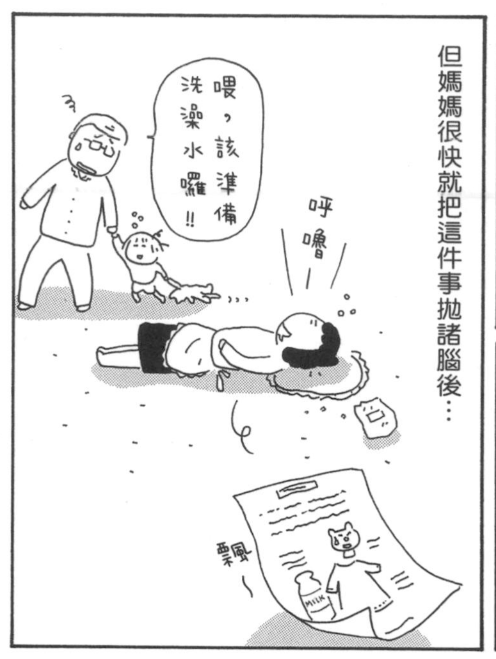
但媽媽很快就把這件事拋諸腦後…
喂，該準備洗澡水囉!!
呼嚕
飄～
MILK

慌張忙碌的日子一天天過去了…
快點換衣服
呆～
我不要去托兒所～
哇嗚～
不行!!
這個月的業績不怎麼好喔～
對不起…
對…

等到想起這件事時已經是娃娃服交件截止日的前一天晚上了…
糟……
糟糕～!!
完全忘記這件事～～
而且早就準備好要就寢了

哇啊啊啊～
家裡有什麼
可愛花紋的布料啊～
翻箱
倒櫃
丟
丟

有…
有了…
可是有點小…

算了，
就用這塊布吧，
不快點做不行了～
急急
忙忙
哎唷～
好想睡唷～

就這樣做好了手指娃娃的衣服…
小布…這個…
手指娃娃的…
耶～
謝謝媽媽～
睡眠不足
?

哎—
肩膀都僵硬了
好累～
?

日子一天天
過去了…

今天是姊姊幼稚園的校慶日
我們一家四口一起去參加
熊寶寶幼稚園
校慶遊會

校慶園遊會裡展出了小朋友們的各種作品…

還有各種模擬商店，
非常熱鬧
熱狗
烏龍麵
黑輪
小吃店
會場

兔兔班
就是這裡唷—
小希的班級—

我們班做的是手指娃娃—
哦，妳做的東西在哪裡
啊!!

兔兔班 作品展
手指娃娃
鏘——
三和
津田理惠子
岡田仁
加藤光男
林咪子
水野幸子
伊藤美奈
窪田瑪莉
藤野隆
佐藤詩
瀧川貴美
!!

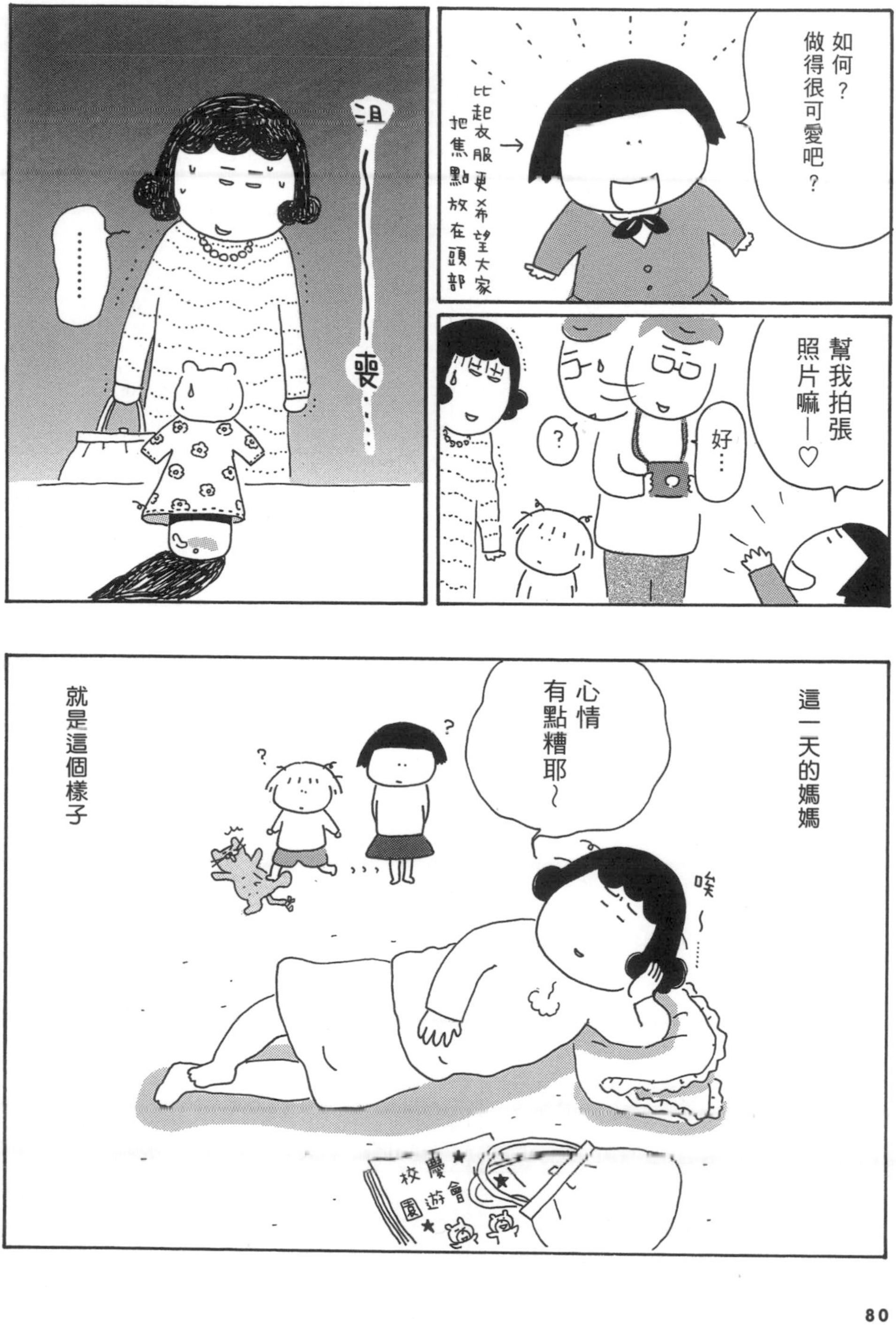

這一天的媽媽

心情有點糟耶～

唉～……

就是這個樣子

校慶園遊會

如果布再大塊
一點的話就……
喃喃自語……
……

小玉的超完美犯罪 

我們家的早餐
有時候會出現吐司…

嚼
嚼
嚼

我很喜歡吃吐司，
但卻不愛吃吐司邊

橘子果醬
marmalade
margarine

小玉!!
妳又把吐司
吃成這樣了!!

真是的～
吐司的邊邊和中間
都是一樣味道的呀!?

都是同
一種材料
做的嘛

才不一樣呢！
中間吃起來
軟軟的，
邊邊吃起來
硬邦邦的～

嗚

MILK

可是～
吐司邊真的
很難吃嘛…

橘子果醬
margar

妳看姊姊
還不是把吐司
整個吃完!!

嚼
嚼

但其實姊姊

嚼 嚼 嚼

……

並不喜歡吃吐司邊

但姊姊最厲害的地方是

嚼 嚼

先把難吃的吐司邊吃完

沒錯…姊姊是那種會把好東西留到最後再吃的個性

吃兒童餐時…

會晚一點才吃最喜歡的漢堡肉

吃蛋糕的時候也是…

先放一旁等一下再吃～

哦？

不會馬上吃掉

嚼 嚼 嚼

好東西先吃了再說的個性

等把吐司邊吃完之後

呼～

再慢慢享受中間的部分

嚼 嚼 嚼

嗚……

好羨慕喔

為什麼這姊妹倆個性差這麼多啊…

知道了嗎？小玉，一定要全部吃完哦

而且吐司邊非常營養哦

隨口亂講

聽見沒!?

好啦…

唉~
真拿這孩子沒辦法~
MILK

我吃飽了~……

藏

小白~!!
小白~!!

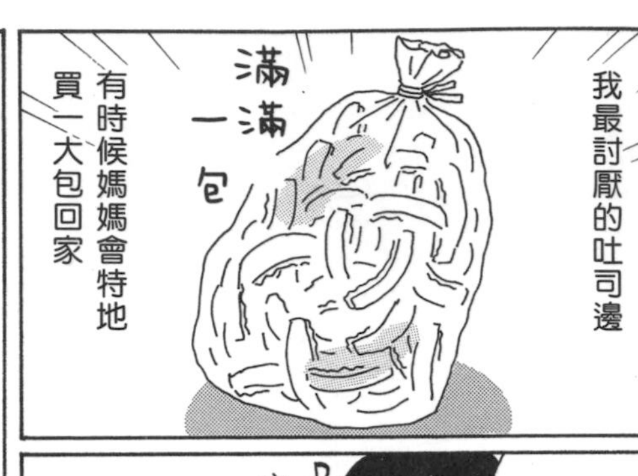
我最討厭的吐司邊
滿滿一包
有時候媽媽會特地買一大包回家

妳們看～這麼一大包只要30日圓耶—
啦啦♪
哇—

但是這個吐司邊
哇～哇
真的耶—好大一包喔～♡
哇～哇
我和姊姊都超喜歡的♡
好棒好棒～

因為將這些吐司邊油炸之後…
咻
咻
咻
咻

做好囉～
萬歲

就會變成香脆的點心條
裏上砂糖
呼
呼
沙
沙

這種用吐司邊做成的點心條
啪
咔啦
啪
啪喀
我和姊姊都很愛吃

喀滋
媽咪，還要還要啦～
好好～正在炸很快就好囉—
滋～
這是媽媽少數會做的幾樣點心之一
簡單便宜孩子又喜歡……
呵呵呵……

能把難吃的吐司邊變成這麼美味的東西…
媽媽實在太厲害了～
喀滋
喀滋
喀滋
晚間新聞
日幣升值

之後的某一天早晨…
啾…
啾…

為什麼老是把吐司邊剩下來呢!?

又來了～～小玉!!
不是跟妳說過不可以這樣吃吐司嗎!!

媽咪…能不能把這個吐司邊炸成點心條…
♪～
不行!!
這樣太噁心了!!
甩頭

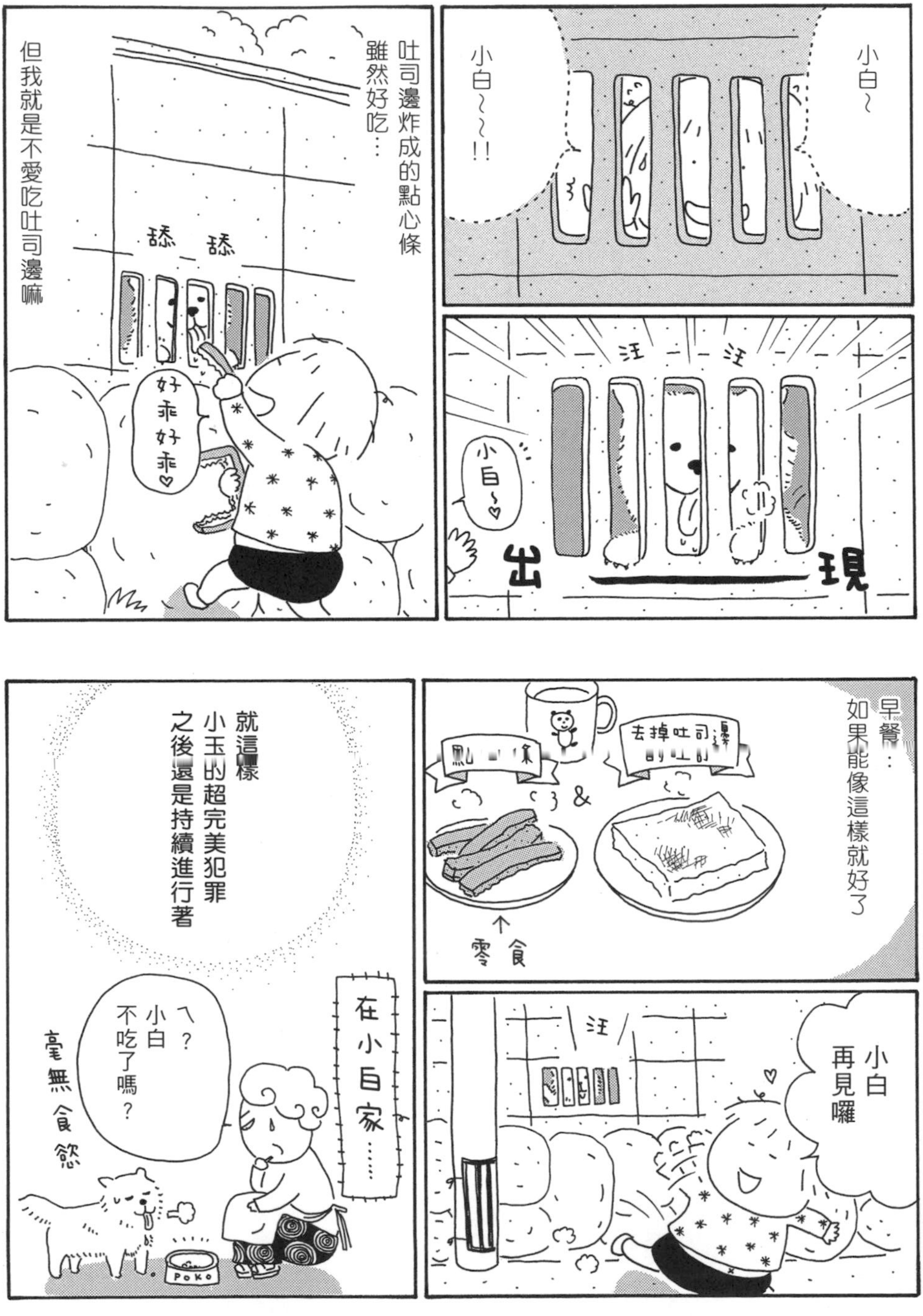

小白～

小白～～!!

汪 汪

小白～♡

出現

吐司邊炸成的點心條雖然好吃…

舔 舔

好乖好乖♡

但我就是不愛吃吐司邊嘛

早餐：如果能像這樣就好了

點心條

去掉吐司邊的吐司

&

零食

汪

小白再見囉

就這樣
小玉的超完美犯罪之後還是持續進行著

在小白家……

ㄟ？小白不吃了嗎？

毫無食慾

POKO

我吃飽了

最近姊姊從幼稚園拿了不少東西回來

開心 開心

妳們看~~
今天我拿到
兩本圖畫書和紙牌唷~♡

兒童國

餓壞了的兔子

民間故事紙牌

谷川希

為了幫助女兒學會認字，媽媽可是卯足了勁
騎著熊的金太郎!!
熊…熊…ㄜ～到底是哪個呢…
聽好～是熊哦!!
騎著熊的金太郎!

妳看，就是畫著像這樣的圖的那張啊♡
………
立
起
嚇
啊!!找到了!!
啪

接下來是
打開嚇一跳的妖怪驚奇箱!!

再來是～
呼
背上失火嚴重燙傷!!

妳看，是妖怪哦～
打開箱子結果裡面藏著妖怪呢—
出自「動物報恩」的故事
飄
揚
找到了♡
啪

媽咪…什麼是「背上失火」啊？
唔～嗯……
咦？

小玉沒聽過「卡茲卡茲山」的故事嗎？
有一天，小兔子和狸貓啊～一起去山上撿木柴
那…那狸貓不就很燙很燙？
啊……找到了!!
對呀，所以後面才接「嚴重燙傷」呀
結果小兔子竟然在背在狸貓身上的木柴點火—
咦!?
於是狸貓的背後就烘～烘～地失火了
妳看這張♡
哇喔～
好了，我們繼續～
嚴重燙傷……
被剝皮的小白兔!!
媽…媽咪…什麼是「被剝皮」…？
那是說啊，有一隻小白兔想渡海去，於是利用詭計欺騙了鯊魚—
取自「稻葉的小白兔」的故事
嗯～～ㄜ…應該是這張吧？
沒錯沒錯就是那張～♡
啪
沒想到半途上詭計被識破，結果就受到被剝皮的懲罰
剝掉
哇～嗚
驚——嚇
什麼～

是啊…這付紙牌
有不少衝擊性的內容
似乎不太適合小孩子耶
接下來是～
小兔的皮子……

猴子將澀柿子
丟向螃蟹!!
取自「猴蟹大戰」的故事

舞蹈不夠精彩
結果多了
一顆瘤!!
取自「兩顆瘤的老爺爺」的故事

下一個!!
塗的藥
竟然是辣椒!!

辣椒
做的藥…？
呵呵呵…
對呀～
剛才不是說過有隻狸貓
背部嚴重燙傷嗎？
結果那個傷口
被塗上了辣椒呢

簡單來說
就是～～～～～～～
痛到骨子裡!
痛到骨子裡!!

塗…
塗上辣椒的話
會怎樣嗎？
當然會痛得
跳起來呀～
緊張
不安
心跳

媽呀～
找到了～♡
啪
昏倒

之後姊姊還是每天黏著媽媽玩紙牌特訓

韌性堅強

跟我玩紙牌遊戲嘛～

要開始囉～

咖沙ㄑ

咖沙ㄍ

沒事做，跟著在旁邊一起學

好好—

那麼爸爸陪妳玩吧

山田的大蛇是隻大酒鬼

這張！

啪

……

不在家時的老婆婆味噌湯

這張！

啪

小希好厲害唷～～

今天好快就能找出紙牌了呢～

對呀，今天在學校老師也這樣誇獎我唷—

呵呵呵

是喔

小玉要不要一起玩紙牌呀？

小玉現在應該還不會玩吧～？

哈哈哈……

哈哈哈……

每天都被拿出來玩的紙牌
不知不覺間也變得破破爛爛的了…
吵鬧的小雛雞也發出了叫聲
傲慢的老爺爺滿身是灰
破爛……
唰~
滑
ㄟ?
最害怕的一張

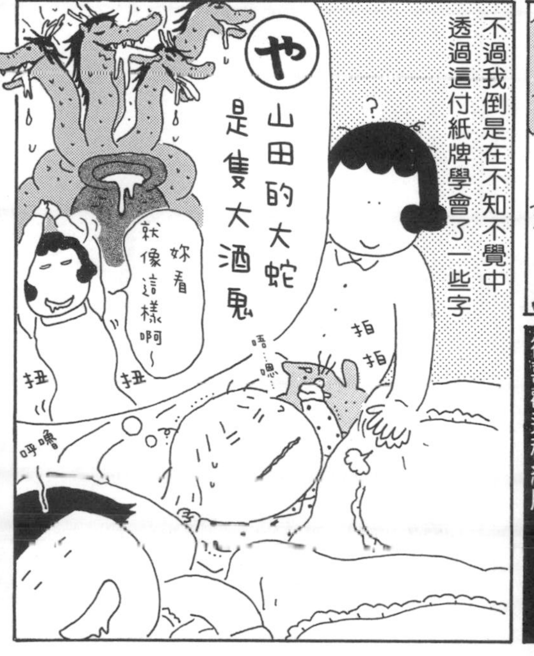

打開
嚇一跳的
妖怪
驚奇箱……
あ

開心的暑假

谷川家今天起

來，快上車～

東西都帶齊了嗎～？

要展開兩天一夜的家族旅行

呵呵

呵呵

哇～～
山上的空氣果然新鮮呢
嘎啦
嘎啦

這裡最好玩的地方就是泡溫泉了!!
哇啊
哈哈
哈哈

小希、小玉，要不要現在就去泡溫泉啊～？
要要～～!!

真舒服哪～♥
哇
哈

媽媽的皮膚變得好光滑唷～
真的嗎
呵呵呵

小希、小玉，我買果汁給妳們喝吧？
¥80
果汁
芬達
可樂
西打
找零
渡假山莊
耶～

能夠喝到平常很少買給我們喝的瓶裝果汁
咕嚕
咕嚕
嗝
也是旅行最令人開心的一件事了…♡
而且還是一人一瓶唷!!

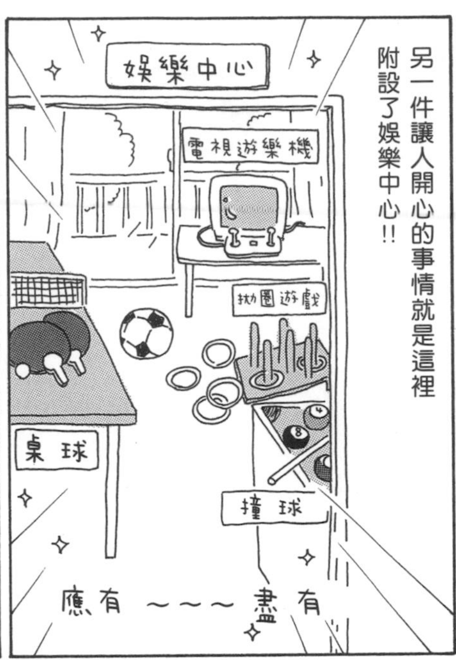
另一件讓人開心的事情就是這裡附設了娛樂中心!!
娛樂中心
電視遊樂機
拋圈遊戲
桌球
撞球
應有～～～盡有

好～～現在來瞧瞧老爸的厲害～～

小希也想投投看～
按摩椅
拿去吧
小玉也要

從媽媽的角度來看，不論是泡溫泉還是孩子們的笑容都讓她開心極了…

啊～～～～～…
彷如天堂啊…♡
哇哈哈哈哈

但最讓她高興的…
抱歉打擾了

就是擺了滿桌的美味佳餚
這是兒童套餐
謝謝~
你們快看~很好吃的樣子耶~~…
啊呵呵…
嗯!?
小…小玉!?
打瞌睡
點頭
小玉，醒一醒啊!!
我們現在要吃大餐耶!!
搖頭
晃
至於姊姊…
……
嚼
嚼嚼
呼~~~
……
玩了一整天也累了吧~
哈哈哈…
小希，怎麼了？怎麼還剩那麼多沒吃啊？
妳不是最喜歡吃漢堡肉嗎？
打嗝…
嗯…我吃不下了……

結果我和姊姊早早就睡了…
咕~咕~
呼~呼~
渡假山莊

喂~你也幫忙多吃一點啦~
啊~可是我不愛吃漢堡肉…
炸蝦也……
渡假山莊

真是的~小希和小玉都…
難得叫了滿桌好料的卻幾乎什麼都不吃!!
嚼
嚼
渡假山莊

吼…真的很浪費耶!!
氣
氣

吃得精光…
BEER

嗝…

哈呼~哈呼~
咕~咕~
嗚…肚子吃得好撐根本睡不著啊…

隔天…
妳們兩個要脫鞋啊!!
口口
下午的時候回到家
哇哈哈
哈哈
跑
跑

唔…
家裡果然還是亂的……
亂七八糟

呼~還是在家裡比較輕鬆自在啊—
躺
媽媽，我肚子餓了—
丟

…？不是才剛剛吃過烏龍麵嗎？
想睡個午覺說……
可是人家肚子還是餓了嘛~
小玉也是~

媽媽，煮點什麼嘛~
人家想吃點東西啦~
吵鬧
吵鬧

真是的…那就吃點西瓜好了!!
去外面吃
免得把裡面
弄得髒兮兮的!
啊，有西瓜呀…♥
耶
哇
就這樣，快樂的旅行結束，很快地我們又回復到普通的日常生活…

西瓜的吃法……
小玉
啃
啃
啃
迫不及待地立刻
吃了起來
小希
彈
彈
先把看到的子
拿掉

溽暑炎熱的一天

暑假一到，原本已經上幼稚園的姊姊

帽子都戴好了嗎？

好，我們出門囉—

也開始向好久不見的托兒所報到

穿鞋

跑 跑

能夠獨霸媽媽的

腳踏車時間也…

不過三人行也是…

挺開心的啦…

叮 叮

從今天起又變成了三人行

回到前座去

喘……

喘……

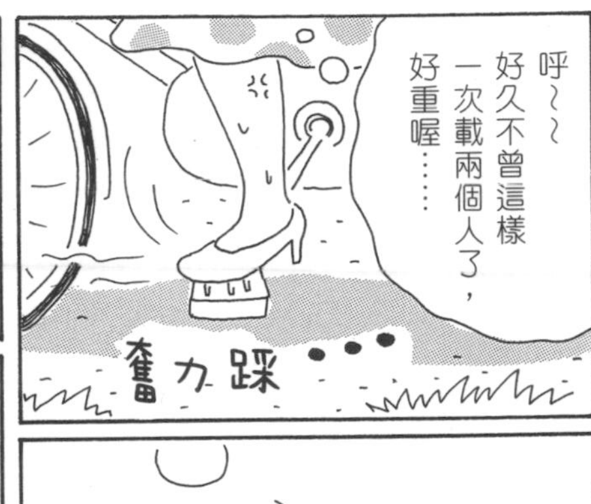
呼~~
好久不曾這樣一次載兩個人了，好重喔……
奮力踩…

而…而且太陽好大啊…

HAPPY化妝品
唷，谷川太太早啊—
嗨，小希，好久不見囉—
早…早安……
呵呵呵…
一陣子沒看到妳，已經長這麼高啦？

今天就麻煩您了
暑假時節的托兒所…

像姊姊這樣重新回到托兒所的人非常多，
場面比平常更加混亂了

雖然房間裡又吵又熱……
嘿
哼~
哇~
呵哈
包店

但能和好久不曾一起來托兒所的姊姊在一起
還是覺得很開心
姊~妳看這個~
滾滾
麵包店

……
啊

夏天到，特別來賓也即將登場
嗨，大家好

甩頭
理……
理穗？

這個人是某員工正在念大學的兒子
各位小朋友，這位是大哥哥唷～
這個夏天來教我們讀書

辦公室旁的小房間暫時充當我們的讀書室
現在大家一起往那邊走哦～
慢
慢
慢

脫下的鞋子放在這裡
瞄……

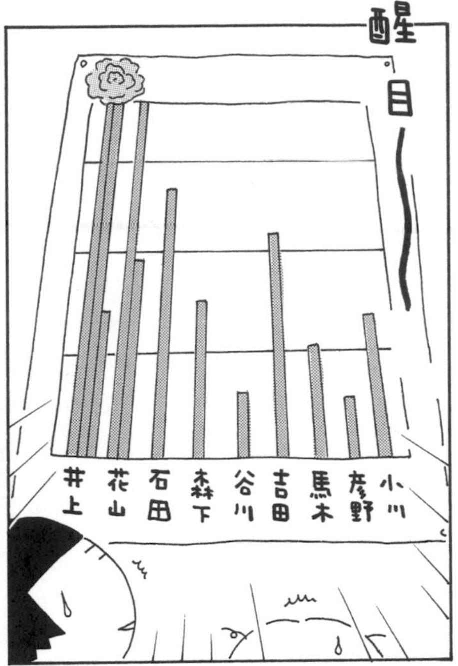
醒目～～
井上
花山
石田
森下
谷川
吉田
馬木
彥野
小川

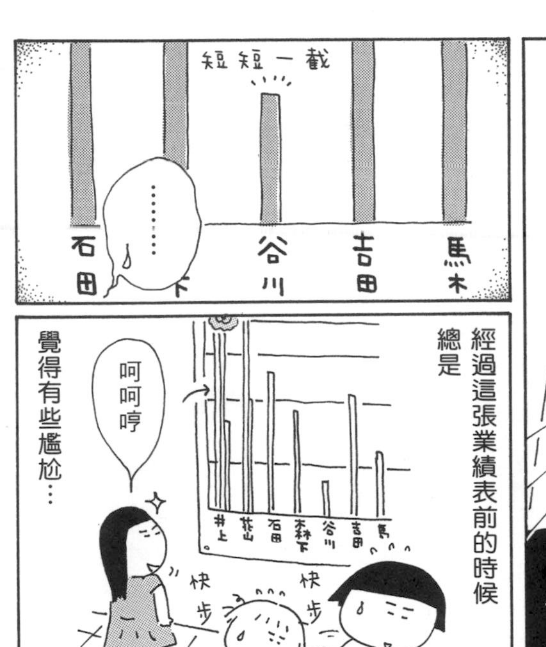
短短一截
石田
下
谷川
吉田
馬木
經過這張業績表前的時候
總是
呵呵哼
覺得有些尷尬…
快步
快步

好，你們來練習這本單字
單字簿
單字簿

老師我也好了──!!
好了嗎？給我看看

老師，我寫好了
很好，我來看看你算得對不對哦──
數學本
123

哦，妳畫得很棒呢～～
啊呵呵♥
這位大哥哥老師非常親切，我好喜歡他唷…♡

這個時候的媽媽……
唉—真是受不了了!!
今天怎麼那麼熱啊~~

媽媽—
我們今天有
練習寫單字哦—
是喔~
小玉也有
畫圖唷~!!

小希…
小玉…
喘
喘
?
妳們兩個下來
走一小段路吧…

都已經傍晚了
還是這麼熱…
喘…
喘…
後來啊~

咔啦
咔啦
呼~~…
這兩個孩子
變得好重
啊……
媽媽
媽媽~

妳看妳看,
有螃蟹耶~~~!!

妳們兩個
快點給我
往前走啦!!
我不管
妳們囉!!
溽暑炎熱的一天
就這樣
慢慢消逝而去了

媽咪媽咪!
有蚱蜢~~!!

夏天就是要吃這個
紅豆冰棒～～

我也想上幼稚園～！ 

暑假結束了…

姊姊又開始回到幼稚園上課

嗨～
大家早安—
呵呵
哈
……
哈
哇
慢走唷～～
呼～
還好趕上了……
哎呀
小玉!!
妳在幹什麼呀!!
啊
抓住
真…真是不好意思
啊呵呵……
哇嗚
小玉現在還沒辦法上幼稚園啦!!
哇～～嗚
扭
扭
扭
這時候的我
非常想到幼稚園瞧瞧
哇嗚～
哇嗚～

哇嗚～
呵
呵

心裡卻暗自想著：
只有妹妹可以留在家裡
跟媽媽在一起……
真不公平!!
哇嗚～
嘻
呵
哈

另一方面，
姊姊她…
……
噗嚕嚕……

嗚
嗚
嗚

嗚～
嗚～

HAPPY
化妝品

妳要哭哭啼啼到什麼時候!!
我要出門了唷!!
カガミ

哎呀小玉，今天心情不太好的樣子喔～
不好意思，這孩子一大早就開始鬧彆扭…
嗚
嗚
嗚
甩
哼
好乖哦～小玉～
小玉最乖巧聽明了，對吧～？
嗚
嗚
嗚
嗚
嗚
那…那這孩子就麻煩您照顧了
啊呵呵…
可惡…小玉這傢伙～～
時間一點一滴地消逝…
啊哈哈
這是新產品～
嘻
哈
下午三點半，到了接小朋友回家的時間…
明天見
謝謝您今天的照顧
看來心情還是沒有變好呢…
我們回家吧～
…

真拿這孩子沒轍…
小玉…想不想玩好久沒坐的小兔子啊～？

搖搖啊
很好玩吧～
哈哈哈
搖晃晃
搖晃晃
搖晃晃
20円

心動……

小玉現在雖然在托兒所，但明年開始就可以上幼稚園囉～
好
哈哈哈
搖晃
搖晃

不論上班或下班都只有我一個人～
真好……♡

之後每天早上只要目送姊妹倆上車…
我去上學囉
路上小心哦～
熊寶寶幼稚園

太……太棒了～!!
真希望這一天早點到來啊!!
哈哈
呆～
晃
晃

衝啊~
飛~~車
咻
咻
咻
咻

哇!!果然娃娃車已經來過了~
哈
哈
哈
哈

真…真糟糕!!稍微發個呆…
竟然忘了去等送小希回來的娃娃車!!

啊，小希!!

抱歉媽媽遲到了~~
對不起啦~
太好了，媽媽已經來囉~~
……
小希已經回來了卻看不到媽媽在哪裡
嗚…
竟然忘了來帶我回家……!!

媽媽這種手忙腳亂的日子……
好嘛好嘛我都已經道歉了~
啊嗚~
看來暫時是擺脫不了啊
咔啦
咔啦

真想快一點去上幼稚園~~
啊!
那是我的帽子!!

媽媽的味噌湯

今天是星期日

啦啦啦～♪

一大早媽媽就忙著煮味噌湯

小魚乾

快煮好之前
切點蔥花…
媽媽
早安~
切 切 切
媽媽不喜歡吃生的蔥花
所以會把它們
放進湯裡一起煮…

好了~
可以吃早餐囉—
用這種方式煮出來的就是…

煮過頭的豆腐加上
爛巴巴的海帶芽
混濁
開動囉~
顏色混濁的味噌湯

可是我和姊姊
都很習慣這個味噌湯
好喝 好喝
吸吸~
所以還是照喝

不過比較麻煩的是…
啊

拿來熬高湯的魚乾
還留在湯裡面…
媽媽~
我不要魚乾
啦~~
小五也不要吃~
不可以!!
吃小魚乾才能
補充鈣質!!

真是的~
這很好吃啊…
嚼 嚼
喀啦 喀啦
咦?

我回來了~
喀啦
輪到值夜班的爸爸當天通常要到這時候才回到家
是爸爸回來囉~

給你
……
哈哈哈

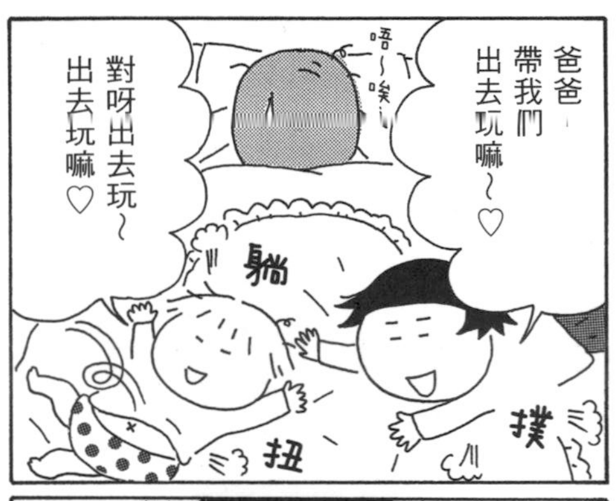
爸爸，小魚乾給你吃~
什麼
小玉的也給爸爸~
喔，謝謝
丟
丟
愛吃小魚乾

就這樣結束了早餐
嗝
嗝

爸爸吃完早餐後會洗個澡
然後就準備睡覺了
緩
緩
……
……

爸爸帶我們出去玩嘛~♡
對呀出去玩~出去玩嘛♡
唔~唉
躺
撲
扭
喂!!
妳們兩個又在胡鬧什麼了!!

呼…
爸爸剛下班
已經很累了，
妳們就不能讓他
好好睡個覺嗎？
他晚上
還要去上班耶!!
哇～嗚

那不然
媽媽帶我們
出去玩～
出去玩!!
出去玩!!
不行!!
媽媽也有
事情要忙!!
今天妳們兩個
老實一點
在家裡自己玩吧!!

於是我和姊姊只好
自己在院子裡
玩扮家家酒
…
…
揉
揉
挖
來，
這個飯糰給妳～
哇ー
有飯糰耶～
廿
哈
哈

對了，
我也來煮個
味噌湯吧!!
首先
在水裡放進
很多蔬菜～
廿
哈廿
哇
然後
加進味噌～
倒入～
哇哈哈

讓它慢慢的煮呀煮~
慢慢煮慢慢煮~
攪
攪

耶，煮好囉~♡
哇~好像真的味噌湯喔~♡
混
濁

好好玩喔！
對呀！
啊！

呼嚕~
……
……

媽媽不是說她有事情要忙嗎……!!
哼~
呼嚕~呼嚕~

呆~
想睡
呼嚕~呼嚕~

呼嚕
呼嚕~
呼嚕

到了晚上—

晚餐是
炸可樂餅、
醃蘿蔔
還有味噌湯
又來了……
小魚乾

爸爸—
這個給你……
小玉
也……
!!
小希!!
小玉!!
驚
嚇
驚

啊
哎呀
滑
啊……
潑
灑

於是我們家就在
一屋子滿是味噌湯的氣味下
我去
上班
囉
爸爸
再見~
氣死我了
~~!!
沖
洗
洗
結束了星期天的夜晚

我吃飽了～～
小魚乾!!
啊

一模一樣的最好 

這是發生在某天的事情…

來，這給妳們兩個～

媽媽竟然罕見的送我們禮物…

幼稚園

哇嗚—

到…到底是怎麼啦？
哇嗚～
哇嗚～
那個好像比較好…？

小玉…怎麼了呀…？
嗚～
嗚～

咦～？怎麼會呢～
哇嗚～
哇嗚～
這個小木偶很可愛呀～

耶～耶～現在就來拼拼看吧～♡
啦
♪啦
…
…
掉
掉
媽…媽媽是比較喜歡小木偶啦～
緊張…
……

哇嗚～
哇嗚～
扭
扭
扭
可是，怎麼看還是…
白雪公主比較可愛呀～

↖而且還有老爺爺……

於是姊姊更加喜歡
那個白雪公主拼圖…
小木偶
……
啦 啦
每天都在玩
只要我稍微碰一下
她的拼圖…
偷偷~
嘿嘿嘿…

小玉!!
妳在幹嘛啦!!
啊
拍
這是
我的拼圖耶!!
哇嗚~~媽媽—
姊姊打我啦~
抱住
哇

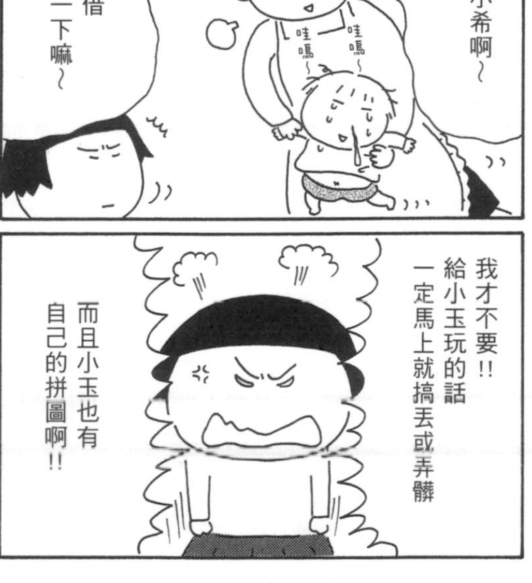
我說小希啊~
偶爾也借
小玉玩一下嘛~
哇嗚~
哇嗚~
我才不要!!
給小玉玩的話
一定馬上就搞丟或弄髒
而且小玉也有
自己的拼圖啊!!

我說不要
就是
不要嘛!!
不…不要
這麼小氣啦…
喂……
哇嗚~
哇嗚~
嗚~
嗚~
嗚
嗚

姊姊不玩拼圖的時候
也把它當寶貝似地擺飾著
媽媽的化妝台
小玉
驚
偷偷～
這姊妹倆最近感情不太好哦…
……
生氣～
嗚嗚
嗚
小希、小玉 
想不想坐腳踏車兜兜風啊？
咦？小玉不去嗎？
賭氣～
小玉也一起去嘛
呵呵
哇～～我要我要～
……
跑跑
結果—
只有爸爸和姊姊出門去…
妳看妳看，他們已經出門了唷～
……

於是家裡就只剩下
……
我和媽媽兩個人…
靜
……

這樣一來終於能夠放心地…
呵呵呵……
我來曬曬棉被吧～
呵呵呵…
玩白雪公主拼圖了

果然……
呵嘿嘿…

畢竟是姊姊那個年紀在玩的拼圖
片數多圖案又複雜
散
亂

小玉，要不要試著從邊邊開始拼啊
這裡～
好～

對我來說實在太難了
ㄟ…唔～～
嗯～～ㄜ…
喀嚓
驚
他們回來了～

回來了~
我買了冰淇淋唷—

啊

小玉!!

啊~
不是
這樣啦

我的拼圖!!

亂七八糟

是媽媽剛才
不小心撞到~

結果掉下來了~

媽媽怎麼
這麼不小心
啦~

啊哈哈…

對不起
對不起

心虛
心虛

給姊妹倆
買不一樣的東西

快點，
冰淇淋
要融化
囉~

真是自找麻煩呀~
媽媽如此暗想…

從今以後盡量買給我們
一模一樣的東西

一樣的鞋子

只有顏色不同的帽子

扮家家酒玩具組

可以兩人一起玩

媽媽在心裡
這樣下定了決心

小玉的
小木偶拼圖

媽咪～
這裡不見了……

很快就弄丟了
其中的圖片……

果然……

拜姊姊從幼稚園學到的知識所賜…

趁我們睡著時會有個名字叫聖誕老公公的爺爺來家裡～

只要事先放了襪子，他就會在裡面留下禮物唷～

是喔～!?

去年我們還似懂非懂的耶誕節，我現在終於有點了解這是個什麼樣的節日了

大家都會寫信告訴聖誕老公公想要什麼樣的禮物哦

哇～那小玉也要寫～～

我和姊姊想要的東西就只有一個…

請你送我們能夠換衣服玩的洋娃娃…

於是我和姊姊很認真的寫信給聖誕老公公

興奮 緊張 興奮

親愛的聖誕老公公……

↑廣告單背面

寫好了～!!
呼～
哇～～
大特價
豆腐30日圓
雞蛋70日圓
栗林超市
可是要把信寄去哪裡呢
……
？
我和姊姊根本不知道

於是我們打算把信交給媽媽處理
媽媽—這個給妳～
什麼東西啊？
親愛的聖誕老公公
跑
跑
跑

我們寫信給聖誕老公公唷～
咦!!
驚慌
大特價
豆腐30日圓
媽媽可以幫我們把信寄出去嗎～？
能變裝的洋娃娃…
大特價

聖誕老公公會送給我們禮物吧～？
這個嘛～要怎麼說呢…
親愛的聖誕老公公能變裝的洋娃娃
興奮
興奮
就算妳們寫了信～也不見得一定能得到禮物哦
ㄟ？
大特價
豆腐30日圓

當媽媽還是個小孩子的時候～
也曾經寫信給聖誕老公公
媽媽
呵呵…

請給我漫畫、新的鞋子
還有很多很多的零食
CHOCOLATE
BISCUIT
牛奶糖

媽媽那時候非常貪心
超～～級大
興奮
緊張
興奮
還把家裡最大的一隻襪子擺在枕頭旁邊

可是隔天早上睜開眼睛…
卻發現根本沒有禮物…

而且我的襪子還被丟到院子裡
僵住

所以，太過貪心的話，是會惹惱聖誕老公公的唷！
什麼～
呼
自己編的故事

所以要禮物
絕不能太貪心
而且只有好孩子
才能得到禮物哦!!
啊~~?
媽媽，那我們想要
能變裝的洋娃娃，
這樣會太貪心嗎~?
媽咪~
小玉是好孩子嗎~?

小希和小玉
會兩個人一起玩，
這樣應該不算
貪心吧~?
媽咪~~
小玉是好孩子
嗎~?
誰知道呢~

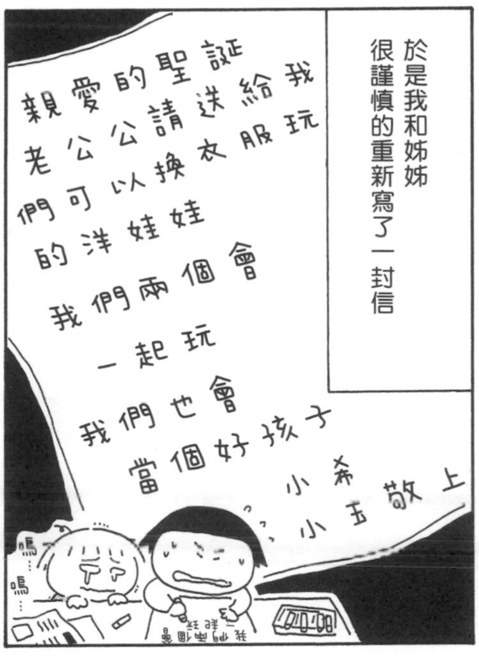
於是我和姊姊
很謹慎的重新寫了一封信
親愛的聖誕
老公公請送給我
們可以換衣服玩
的洋娃娃
我們兩個會
一起玩
我們也會
當個好孩子
小希
小玉敬上
嗚…
嗚…

接下來我們能做的
也只有祈禱了…
可以換衣服玩的洋娃娃~
可以換衣服玩的洋娃娃~
可以換衣服玩的洋娃娃~
終於到了
耶誕夜當天!!

今年的蛋糕
不是買一整個
Shortcake
爸爸的是
栗子蛋糕
雖然有點失望…

不過媽媽準備了
我最愛的烤雞腿…
無論如何，我還是
開心的說聲Merry Xmas!

到了就寢時間
媽媽
晚安~
媽媽晚安~
嗯，
晚安~

興奮
緊張
晚安~

聖誕老公公啊
聖誕老公公…
無論如何
請你幫我們實現願望…

到了隔天早上—
啾
啾
啾
放在我和姊姊
枕頭旁的東西是…
睡眼
……
惺忪

巧克力!!
巧克力
MILK
巧克力
MILK

媽媽，我的聖誕禮物是巧克力～
小玉也是～
哦，這個禮物不錯唷～

是巧克力啊～～～
…
…

難道真的不能送我們能變裝的洋娃娃嗎～…
聖誕老公公真的有來我們家嗎？

好像真的有來唷
昨天晚上12點左右的時候，爸爸好像有聽到鈴鐺響唷～
爸爸，是真的嗎？
你有聽見鈴鐺的聲音嗎？
ㄜ…啊…嗯…
跑
跑
跑

我們雖然沒有獲得能變裝的洋娃娃…
可以吃飯囉～
那是什麼樣的聲音啊～？
就是噹噹噹的鈴聲啊……
爸爸～真好耶～
但我們的襪子沒被丟出去耶～光是這一點就讓我和姊姊高興老半天了

巧克力
橘子
不會馬上吃掉
當場就
吃了起來
嚼
嚼
嚼

小玉當起姊姊來了

媽媽的肚子裡…

好了，我們走吧～

有了第三個小孩子了

丟

橘子

跑 跑

由於沒辦法騎腳踏車
到處去兜售化妝品…
啊呵呵
我們今天就先去蛤町吧～
所以媽媽就搭同事開的車
出去銷售商品

托兒所
這孩子
就拜託您了
哇哇
啊，理穗

小玉很快就要
當姊姊囉～
很棒吧～
ㄟ？

我們來玩
捉迷藏吧～～♡
哇哈哈
扭
扭
我不要

我和平常一樣
在托兒所裡度過…
有沒有再添飯啊～
要
香

小玉、小玉，
媽媽來接妳囉─
呼啊!?
搖
搖

下午睡個午覺
呼哈～
呼嚕～

最近媽媽
很早就下班了，
真令人開心…
小玉再見─
惺忪
睡眼

公車站牌
就在化妝品公司
門口…
藥房
腰痛
痔
公車站
香港腳

不—行!!
那是給年紀很小的
小朋友玩的!!
小玉打算一輩子
都玩這個東西嗎~

旁邊有一台
小兔子遊樂機
痛
媽咪—
我想玩那個♡
20円

妳就快當
姊姊了耶，
這樣會被
別人笑的唷!!
氣~

ブーン
好啦，
公車已經來了!!
哇~
嗚!!
抓

真是的~
妳要哭到
什麼時候啦~
都快到家了耶—
嗚
下一站
雛菊町~
嗚

噗嚕嚕……
啼
啼
哭
哭

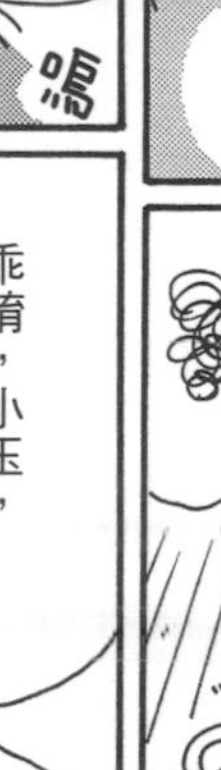
乖唷，小玉，
妳來按下車鈴吧
下車鈴
雛菊町~

要下車的乘客請按下車鈴~
噗嚕嚕……
……
按了會叮咚響哦~
嗚…す…
叮咚~
!!
哇哈!!叮咚叮咚!!
呼…
唉~
哈
哇
車站
當天晚上—
媽媽—
妳什麼時候要生小寶寶啊?
這個啊~大概是五月吧
是男生~?還是女生~?
嗯~還不知道呢~
……
小希想要弟弟還是妹妹啊?
呵呵呵…
小希想要弟弟~
等小寶寶生下來後,就請妳幫忙照顧囉?
好啊好啊—♡
哈
哇

唉—唉……
小寶寶聽得到我嗎~
嗨嗨~
呵呵呵
最近總覺得……
哼
挺無聊的…

隔天照常搭公車出門…
噗嚕嚕…
公車站
在回家路上…
我想坐這個~坐這個啦~♡
又來了…
唉~

我不是說過不行了嗎!!
只要一次就好了~求求妳~
哇嗚

……只能玩一次哦
耶~~~!!
哇~~
啪……

讓我坐這個,我保證以後會當個聽話的孩子~媽咪!!
……

噗嚕嚕…
哇哈哈
啊!?
搖晃
搖晃

糟糕!!
公車已經來了!!
哎呀
抓起
搖晃
搖晃
哇——嗚
噗嚕嚕…
媽媽也是情非得已啊~
好啦，
下次再讓妳玩一次嘛—
請抽取票券
搖晃
搖晃
哇~~嗚!!
哇~~嗚!!
乖唷小玉
今天要不要按下車鈴啊？
哭哭
啼啼
噗嚕嚕…
嗚
嗚
下車鈴
下一站 雛菊町~
我們下一站就到了—
妳來按鈴吧~♡
叮咚~
!!
媽媽一想到這個小女兒還不能獨立…
還有明天
我們
明天
玩
噗~嚕
公車站
哇~嗚!
很快家裡又將添個小寶寶~
真是越想越擔心哪……

兒子……!!
弟弟……!!
生氣～

寒冷的冬天漸行漸遠，
春天的氣息也一天比一天明顯了⋯⋯

今天
好溫暖唷—

媽媽說要帶我們去採些筆頭菜

妳這樣拔起來的筆頭菜都太短了唷
妳看，像姊姊那樣從最底下的地方摘才對
摘

哼
哎呀小玉，妳在做什麼啊～
拔
拔
拔

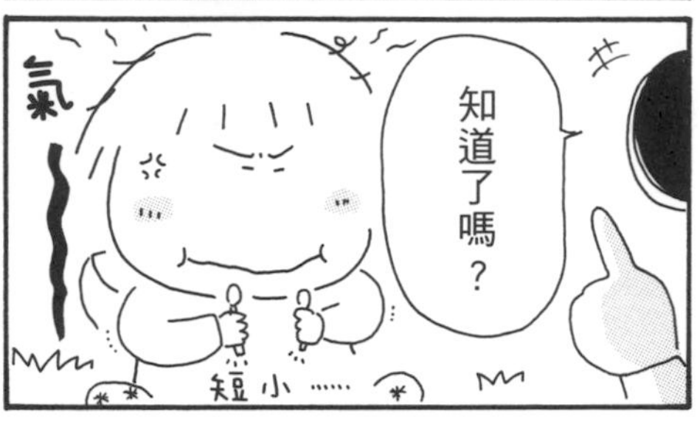
知道了嗎？
氣
短小……

才一下子
我們就摘了滿滿一籃的筆頭菜

呵呵…摘了好多唷～好了，我們回家吧
耶!!
呼

最近媽媽的肚子
變得越來越大了

嘿咻～

這個嘛…

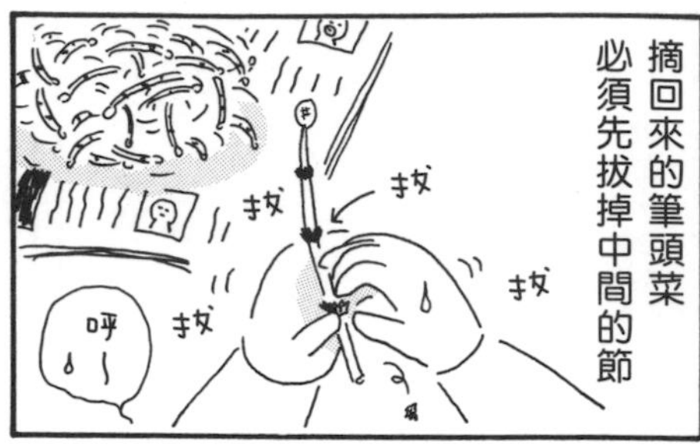
摘回來的筆頭菜必須先拔掉中間的節
拔
拔
拔
拔
呼~

這項工作非常麻煩…
妳們兩個也來幫個忙吧~

姊姊不太喜歡這個工作
乒乓砰
可是我正在看電視耶……

我當然是更不喜歡了
真是的!
拔
拔
拔

去掉節的筆頭菜用油炒過
再加上蛋…

就成為晚餐桌上的一道佳餚了
哇~
吃吧~
BEER

我和姊姊都很喜歡這道筆頭菜炒蛋…
真~~好吃
嚼
嚼
嚼

但最喜歡的應該還是爸爸
太好吃了
嚼

今天我們很認真的採了一大籃唷—
真的嗎~謝謝妳採了這麼好吃的東西回來—
嚼
嚼

我去多摘些筆頭菜回來給他吃!!
呵呵，那就拜託妳囉

筆頭菜有很多養分，媽媽肚子裡的小寶寶一定也很喜歡吃吧~
呵呵呵…
咦！

從此以後…
閃
閃

姊姊就更熱中於摘筆頭菜了…
媽媽，我們今天再去摘筆頭菜~!!
從幼稚園回來

那就我們兩個去好了!!
小玉，先換下制服…
小玉走吧！
啊

…可是，我們昨天才去採過耶
而且媽媽有事情要忙…
花生

為什麼我也得來幫忙啊…
摘
摘
拔
拔

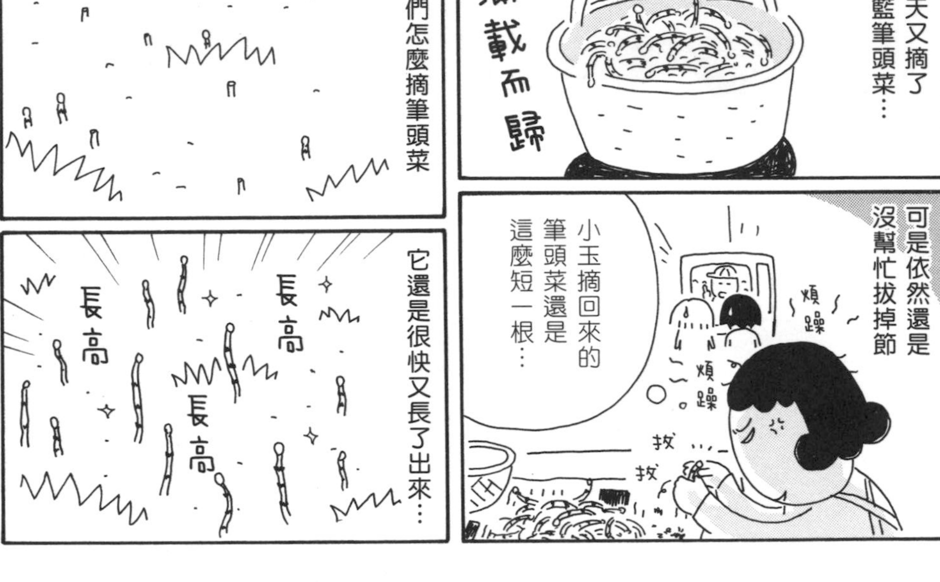
我們今天又摘了滿滿一籃筆頭菜…
滿載而歸
可是依然還是沒幫忙拔掉節
煩躁
煩躁
小玉摘回來的筆頭菜還是這麼短一根…
拔
拔
長高
長高
長高
它還是很快又長了出來…

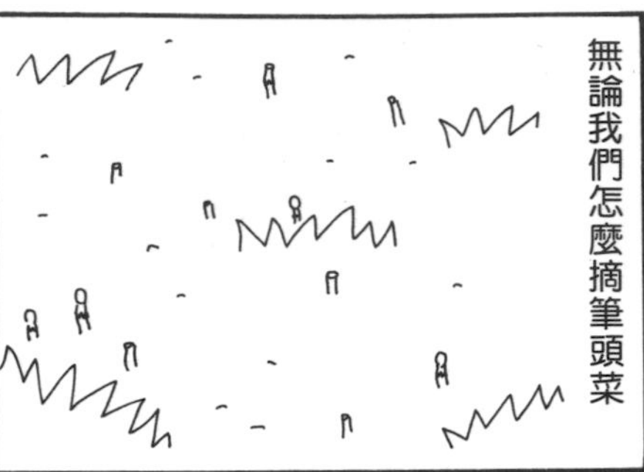
無論我們怎麼摘筆頭菜

姊姊完完全全摘上了癮
我們再去摘一些吧!!
跑

咦!?
拔
拔

小玉!媽媽不是跟你說過要摘得長一些嗎!!
彈
ㄟ?

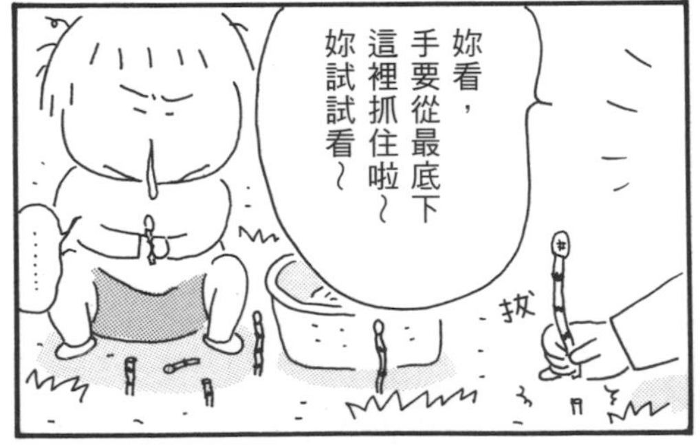
妳看,手要從最底下這裡抓住啦~妳試試看~
……
拔

今天照樣是滿載而歸
媽媽妳看
滿～滿

那麼…
妳們兩個等一等…
抓住

呵呵…
又這麼多…

今天妳們要幫忙拔掉節唷～
啊…
喔…嗯…

小玉也一樣!!
拔
拔
拔
拔
裝睡
今天短的筆頭菜比較少耶…
就像不停生長的筆頭菜…
拔
拔
拔

很多東西也都一點一點慢慢變大了…
這就是春天啊

開心
喀砰
是筆頭菜唷～

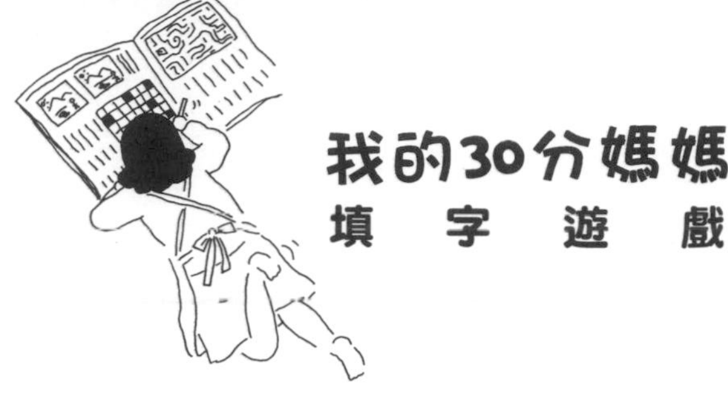

我的30分媽媽
填　字　遊　戲

請根據謎題將A～D串聯起來。

1	2	3		■	4		5	6 A
■	7		■	8		■	9	
10			11	■	12	13		■
14 B		■	15		■	16 C		17
■	18			■	19	■	20	
21	2	■	22			23		■
■	24	25		■	26			27
28	■		■	29			■	
30	D				■	31		

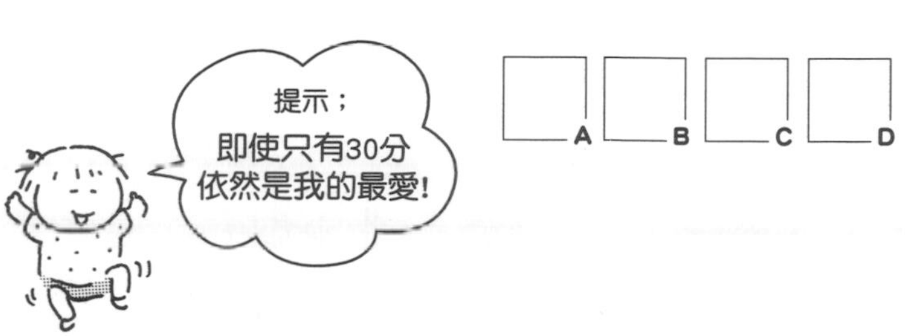

〈縱列謎題〉

2 出現在姊姊的紙牌單元中那個愛喝酒的妖怪是?
3 和古老民間故事相關，○○○的小白兔
4 姊姊在幼稚園獲得的東西
5 有很多觸角的海中生物
6 小玉最害怕的那張紙牌裡，小白兔被剝掉了什麼東西?
10 想出門就一定要打開的東西
11 不在家時的老婆婆○○○○○
13 下雨的話就打開吧
17 表示人的性質的用語
19 小希和小玉都想要能變裝的洋娃娃，可是媽媽卻○○○○
23 吃火鍋不能少的咖啡色菇類
25 總有一天小玉也會變成這樣…!?
27 孩子即將出生前、焦躁的狀態
28 「媽媽」的另一種說法?
29 要整理的話就請○○吧!

〈橫列謎題〉

1 這個聲音響起的話就要回教室了
4 媽媽念的高中
7 擁有很多能變裝的洋娃娃、小希和小玉的友人的名子
8 能夠採筆頭菜的季節
9 想上廁所的小玉會○○X?
10 早上要去托兒所前谷川家都會○○○○
12 這本書的作者名字是?
14「這個」與「那個」的好夥伴
15 媽媽幫忙做的手指人偶的衣服結果○○不夠長
16 耶誕節的時候是誰在小希和小玉的枕頭邊放了巧克力?
18 媽媽也很喜歡、用糯米做成的硬點心
20 「爸爸」的另一種說法?
21 在姊姊的紙牌中出現的「搭上的船是○○船」
22 媽媽去上班時所使用的交通工具
24 以前的雜貨店在賣的一種小型巧克力
26 對小玉來說托兒所的感覺是…?
29 咕嚕～咕嚕～肚子○○啦～
30 小希最喜歡的食物是?
31 從爸爸公司的煙囪冒出來的東西

＊編注：填字遊戲為日文單字，請讀者參考中文內容樂趣作答

後記

「我的30分媽媽」是根據我對小時候的記憶所描繪的故事，但其中有些內容因為記憶實在太模糊，有些則是自以為「應該就是這樣吧」，嚴格說來算是一本虛構的家庭故事，但周遭環境與狀況則是我絞盡腦汁極盡還原現場的成果。

實際上，當時我媽媽是化妝品公司的銷售員，我和姊姊則被安置在公司設置的托兒所。我記得大概是我即將滿三歲時被送進托兒所，在那之前，媽媽是個每天都待在家裡的家庭主婦，但我卻對這件事完全沒印象，只記得上托兒所之後的事。仔細回想，印象最深刻的還是那間非常老舊的托兒所、媽媽那個成績經常不怎麼好的業績表，以及我和姊姊一點也不想去托兒所等等。

如今回想起來，「應該沒有那家托兒所吧～」「我媽媽做的菜實在有點奇怪」「買些玩具給我也不算過分吧」等等，心裡多多少少有些不滿，但當我還只是個孩子時，心裡只是很單純的認為「反正事情就是這樣吧」。

我想這應該是因為母親一直待在我們身邊照顧我們，基於「我最喜歡媽媽了，而且媽媽做的菜很好吃！」的心態吧，所以很容易感到滿足。雖然只是加了豆腐、湯色混濁

的味噌湯，卻好喝極了。比起托兒所裡的餐食或旅館提供的佳餚，我還是最喜歡媽媽做的味噌湯。

書名加上了「30分」並非表示我的媽媽「不及格」，而是當時媽媽的業績表真的是「30分」，而且也挺適合有點迷糊又有點可愛的媽媽，所以才以「30分」當書名。

也許我媽媽算不上所謂的「賢妻良母」，但畢竟她還是將我、姊姊以及之後出生的弟弟三人健健康康的扶養長大，就這一點來看，我認為我母親算得上是個「一百分媽媽」。

我想很多人都有自己印象中孩童時期母親的形象。如果閱讀本書能讓各位回想起當時母親的模樣，那真是我的榮幸。

2007年春　高木直子

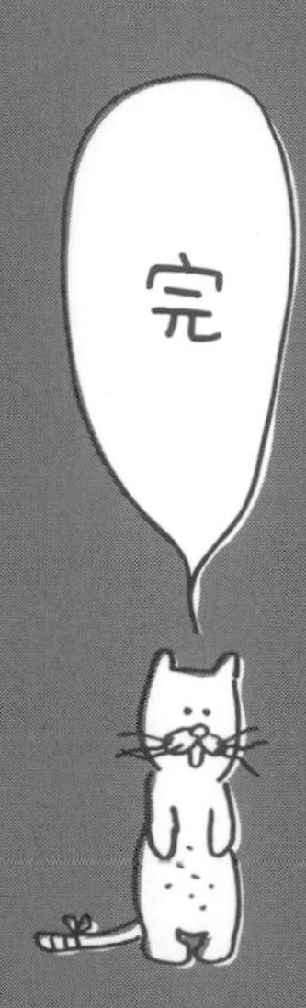
完

Titan054

我的30分媽媽

（想念童年贈品版）

高木直子◎圖文
陳怡君◎譯

出版者：大田出版有限公司
台北市10445中山區中山北路二段26巷2號2樓
E-mail：titan@morningstar.com.tw　http：//www.titan3.com.tw
編輯部專線（02）25621383　傳真（02）25818761
【如果您對本書或本出版公司有任何意見，歡迎來電】
法律顧問：陳思成律師

填回函雙重禮
①立即送購書優惠券
②抽獎小禮物

總編輯：莊培園
副總編輯：蔡鳳儀
行政編輯：鄭鈺澐
編輯：葉羿妤
行銷編輯：張筠和
校對：陳佩伶／蘇淑惠
初版：二〇〇九年五月三十日
想念童年贈品版：二〇二四年三月十二日　定價：350元

購書E-mail：service@morningstar.com.tw
網路書店：http://www.morningstar.com.tw（晨星網路書店）
TEL：04-23595819# 212　FAX：04-23595493
郵政劃撥：15060393（知己圖書股份有限公司）
印刷：上好印刷股份有限公司

國際書碼：978-986-179-857-8　CIP：861.6/112022257

最新作品

再來一碗：
高木直子全家吃飽飽萬歲！
洪俞君◎翻譯

媽媽的每一天：
高木直子手忙腳亂日記
洪俞君、陳怡君◎翻譯

媽媽的每一天：
高木直子陪你一起慢慢長大
洪俞君◎翻譯

媽媽的每一天：
高木直子東奔西跑的日子
洪俞君◎翻譯

已經不是一個人：
高木直子40脫單故事
洪俞君◎翻譯

150cm Life
洪俞君◎翻譯

150cm Life②
常純敏◎翻譯

150cm Life③
陳怡君◎翻譯

一個人出國到處跑：
高木直子的海外
歡樂馬拉松
洪俞君◎翻譯

一個人邊跑邊吃：
高木直子呷飽飽
馬拉松之旅
洪俞君◎翻譯

一個人去跑步：
馬拉松1年級生
洪俞君◎翻譯

一個人去跑步：
馬拉松2年級生
洪俞君◎翻譯

一個人吃太飽：
高木直子的美味地圖
陳怡君◎翻譯

一個人和麻吉吃到飽：
高木直子的美味關係
陳怡君◎翻譯

一個人暖呼呼：
高木直子的鐵道溫泉秘境
洪俞君◎翻譯

一個人到處瘋慶典：
高木直子日本祭典萬萬歲
陳怡君◎翻譯

一個人去旅行
1年級生
陳怡君◎翻譯

一個人去旅行
2年級生
陳怡君◎翻譯

一個人好孝順：
高木直子帶著爸媽去旅行
洪俞君◎翻譯

一個人搞東搞西：
高木直子閒不下來手作書
洪俞君◎翻譯

一個人做飯好好吃
洪俞君◎翻譯

一個人好想吃：
高木直子念念不忘，
吃飽萬歲！
洪俞君◎翻譯

一個人的狗回憶：
高木直子到處尋犬記
洪俞君◎翻譯

一個人的第一次
常純敏◎翻譯

一個人住第5年
（台灣限定版封面）
洪俞君◎翻譯

一個人住第9年
洪俞君◎翻譯

一個人住第幾年
洪俞君◎翻譯

一個人上東京
常純敏◎翻譯

一個人漂泊的日子①
陳怡君◎翻譯

一個人漂泊的日子②
陳怡君◎翻譯

我的30分媽媽
陳怡君◎翻譯

我的30分媽媽②
陳怡君◎翻譯

貓吉與我(2歲)

收錄

CyberCREA、文藝春秋HP上連載的第1回～11回、13回、14回、19回、20回、27～29回作品。其他作品皆為全新創作。

Titan 045

一個人漂泊的日子 ① 封面新裝版

高木直子◎圖文　陳怡君◎翻譯

填回函雙重禮
①立即送購書優惠券
②抽獎小禮物

出版者：大田出版有限公司
台北市10445中山區中山北路二段26巷2號2樓
E-mail：titan@morningstar.com.tw　http：//www.titan3.com.tw
編輯部專線：（02）25621383　傳真：（02）25818761
【如果您對本書或本出版公司有任何意見，歡迎來電】
行政院新聞局版台業字第397號
法律顧問：陳思成律師

總編輯：莊培園
副總編輯：蔡鳳儀
行政編輯：鄭鈺澐
行銷編輯：張筠和
校對：蘇淑惠/陳怡君
初版：二〇〇八年十一月三十日　定價：320元
封面新裝版：二〇二四年四月一日
國際書碼：978-986-179-862-2　CIP：861.67/113001666

購書E-mail：service@morningstar.com.tw
網路書店 http://www.morningstar.com.tw（晨星網路書店）
TEL：04-23595819＃212　FAX：04-23595493
郵政劃撥：15060393（知己圖書股份有限公司）
印刷：上好印刷股份有限公司

只是我的父母當時應該每天過得提心吊膽吧～
真是對不起家中二老啊。
事實上，我老爸曾經來過東京好幾次，
看看我過著甚麼樣的日子。
當時因為我只考慮到自己的事，不曾多想，
直到畫這本書時才驚覺
「啊～家裡有這種笨女兒，
當父母的還真辛苦啊～」
還有，對於當時上班的設計公司，
我也要深深一鞠躬，
「有我這種菜鳥員工真是抱歉……」
這許許多多的往事全部加起來
竟然成就了如今的我～
人生真是不可思議啊。
（甚麼嘛……）
這段一個人漂泊的日子還會持續出第二集，
有請各位繼～續捧場囉。

2008年春
高木直子

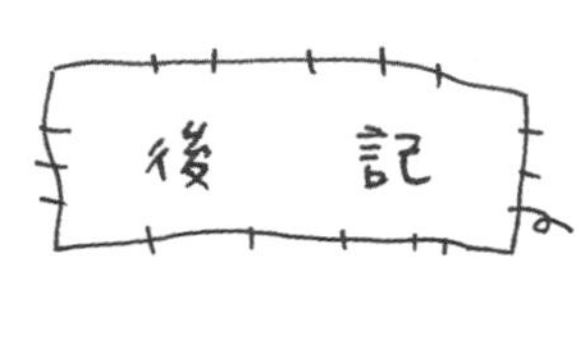

首先感謝各位看完這些發生在我那一段
灰澀憂鬱日子的故事。

應該有很多人會說
「真是一段黑暗又苦悶的日子啊～」
還是覺得
「甚麼啊～還挺開心的嘛～」

當時的我真的是滿心不安，
因為看不見自己的未來而偷偷哭泣，
每天都過得非常憂鬱。
奇妙的是，經過一段時間之後回首當時，
卻又覺得那是一段既開心又有趣，
而且對我相當重要的日子。

（回憶總是比較美麗啦……）

雖然……
無法想像未來
自己將會是甚麼模樣
……

假設5年後……
假設10年後……
20年後……
插畫學校的同學們
都會在哪裡
做些甚麼呢？

不過未來的事情
誰也不知道啊……
啦啦~♫
還是努力的
活在當下比較重要吧

第二集請待續